LETTRES RUSSES
série dirigée par Michel Parfenov

DES CHAUSSURES PLEINES DE VODKA CHAUDE

DU MÊME AUTEUR

PATHOLOGIES, éditions des Syrtes, 2007.
LE PÉCHÉ, éditions des Syrtes, 2009.
SAN'KIA, Actes Sud, 2009.

Ouvrage traduit avec le concours
du Centre national du livre

Titre original :
Botinki, poln'e goryatcheï vodkoï
Editeur original :
Ast, Moscou

www.nibbe-wiedling.de

ISBN 978-2-7427-9620-5

ZAKHAR PRILEPINE

Des chaussures pleines de vodka chaude

nouvelles traduites du russe
par Joëlle Dublanchet

ACTES SUD

GILKA*

— Tu es cruel, sans pitié, insensible, glacial. Tu mens, toujours, sans arrêt, à tout le monde, pour tout. Tu ne m'aimes pas, tu es incapable d'aimer.

Quand les années ont passé, les mots "je t'aime" commencent à devenir inséparables de cette lamentable conjonction "mais". Je t'aime, mais. Moi aussi, je t'aime. Mais…

Et en effet, on s'aime. Mais tu m'as trop souvent blessée. Toi aussi tu m'as souvent blessé.

— Va-t'en ! Quitte cette maison !

Je devais de toute façon partir, et j'ai franchi la porte. Elle a claqué bruyamment dans mon dos, et ce claquement a été immédiatement suivi, tel un os qu'on écrase, de l'ignoble grincement du verrou.

J'ai marché, en m'essuyant le front, jusqu'à l'immeuble voisin, et j'ai composé le numéro de téléphone de ma femme.

— Ecoute… eus-je le temps de lui dire.

— Décampe en vitesse. Des types sont venus, en civil et en uniforme, ils voulaient enfoncer la porte, ils te réclamaient.

Mon métier, c'est la révolution. Je sais qu'ils peuvent débarquer chez moi. Je les attendais hier, j'avais de bonnes raisons à cela : ils avaient emmené mon

* Sobriquet du narrateur et littéralement "petite veine". *(Toutes les notes sont de la traductrice.)*

camarade dans une autre ville, en l'accusant de terrorisme. Mais comme hier ils ne sont pas venus, je n'y ai plus pensé. Si on pense à eux tout le temps, on risque de devenir fou.

Sans bouger de là où j'étais, j'ai éteint mon portable dont le signal les a aidés plus d'une fois à me repérer, ce qui veut dire qu'ils peuvent le faire aujourd'hui encore ; j'ai allumé une cigarette et, sans arriver à décider quoi que ce soit, j'ai traversé rapidement la rue et je suis monté dans le premier trolley.

Il est passé en chuintant devant mon immeuble. Les fenêtres de mon appartement étaient paisibles, il n'y avait personne devant, les vitres ne reflétaient aucun visage.

Dans la rue, c'était le printemps, le mois de mai, la limpidité de l'air.

Je suis resté un moment dans une étrange hébétude, n'éprouvant presque aucune angoisse, caressant des doigts mes paumes sèches, l'une d'abord, puis l'autre. Le trolley était à moitié vide, et j'étais près d'une fenêtre. On entendait le glissement rapide des pneus.

Je me mis à observer les passagers, je les sentais loin de moi, comme si nous allions inexorablement dans des directions différentes. On ne peut pas dire que leurs visages flottaient, c'est plutôt qu'ils ne pouvaient absolument pas s'imprimer sur ma rétine. Ce petit garçon assis, par exemple : mon regard se posait sur lui – et il n'y avait plus de petit garçon, et je ne me souviendrais jamais de quoi il avait l'air. Ou encore cette vieille femme qui se levait : je venais à peine de la regarder, mais elle était descendue et personne ne pourrait me faire dire comment était son visage.

Le monde coulait, calme et fluide à côté de moi, et j'étais comme une pierre tombant dans le fond.

Le trolley me transportait comme si j'étais une pierre.

Nous avons traversé un pont. Une place. Un carrefour.

Le soleil, haut dans le ciel, me brûlait le front ; dehors, il faisait encore bon, mais le trolley était étouffant, comme toujours en été. Je n'aime pas le soleil, s'il n'y a pas à proximité une eau fraîche et abondante. A la maison, je m'efforce toujours de garder les rideaux fermés et d'allumer l'électricité.

Mais aujourd'hui, le soleil me sembla tendre, et tellement nécessaire.

Je détendis les muscles de mon visage et au bout d'un certain temps, deux ou trois stations plus tard, j'eus l'impression que mes joues et mon front se ramollissaient comme de la terre glaise. Et qu'on pouvait modeler avec un autre visage, un autre esprit.

Je suis cruel. Insensible et froid. Je sais mentir, faire mal, ne ressentir aucun regret. J'ai ce que je mérite, je prends des coups sur mon visage de pierre ; mais là où il devait y avoir de la pierre, il y a à présent de l'argile, et elle se brise, s'effrite, laissant les os à nu. Je suis insensible, et glacé, et mort.

Il y a juste une petite veine qui vit encore, et qu'une dernière pulsation de sang tiède fait palpiter.

Nous avions commencé à vivre ainsi : entremêlés comme les branches, les feuilles, les tiges le sont au printemps. Un jour, la mère de ma femme était entrée le matin de bonne heure dans notre chambre et nous avait vus. Nous dormions. *Comment* nous dormions était notre plus grand secret. Les autres secrets semblent à présent ridicules.

Plus tard – il était déjà midi – la mère de ma femme avait dit : "Je ne savais pas, je ne pensais pas que cela existait."

Nous étions couchés face à face, bras et jambes mêlés, une joue contre un front, ventre contre ventre, une cheville derrière une cuisse, une main sur la nuque, une autre sur la colonne vertébrale, cœur contre cœur. Nous dormions comme cela toute la nuit, nuit après nuit, mois après mois. Si on avait décidé de nous mettre en pièces, on n'aurait pu ensuite reconstituer un seul individu.

Des années plus tard, fatigués, harassés par la vie et les tracas, nous avons commencé à nous éloigner. A nous sentir à l'étroit, à étouffer, à être mal. Seules nos mains, nos chevilles se touchaient, nous nous tenions parfois enlacés – c'est moi, plus exactement, qui la tenais dans mes bras – mais elle s'écartait dans son sommeil, lasse, presque sans vie. Je me souviens de ce sentiment nocturne : lorsqu'une personne, que le sommeil rend inconsciente, vous fuit, en ne vous laissant que l'impression d'une chaleur lointaine, comme celle qui parvient d'une petite étoile à un petit bout de terre éloigné, sombre et solitaire. Et vous, bout de terre stupide, vous captez cette chaleur sans avoir le droit de vous plaindre.

Quand nous nous levions le matin, nous nous efforcions de rétablir ce qui avait été perdu pendant la nuit : par un sourire, un regard, l'idée bien admise que le destin est inéluctable, irréversible, immuable. Et tout recommençait : tiède, âpre, étriqué.

Derrière la fenêtre, passaient les voitures ; dans chacune d'elles, il y avait un corps étranger, comme un météorite. Que de chaleur loin de nous dans le monde, à laquelle on ne peut se réchauffer !

Ensuite, nous buvions notre thé à la cuisine.

J'avais vu la fenêtre de cette cuisine une demiheure auparavant lorsque j'étais dans le trolley. Je n'avais envie d'y voir personne : ni elle ni ceux qui étaient venus me chercher pour me priver de tiédeur, d'espace, de ce jour de mai – et déchirer ma dernière veine.

“Où est mon ami, à présent, pensais-je, où l'a-t-on conduit ? Est-ce qu'on va bientôt m'emmener le rejoindre ?”

Mon ami avait un nom remarquable et rare : il s'appelait Il'dar Hamazov. Tout le monde, bien entendu, l'appelait Hamas.

Ces derniers temps, nous avions souvent picolé ensemble, je gagnais de l'argent, je pouvais me le permettre. Nous buvions de la bière et de la vodka, parfois un autre alcool ou du vin chaud : j'aime mélanger diverses boissons, je garde longtemps ma tête et je ne sais jamais très bien si j'ai la gueule de bois ou non, parce que, dès le déjeuner du lendemain, je me remets à boire un peu. Cela n'avait pas de conséquences sur ma capacité de travail ni sur celle de Hamas, nous faisions notre travail avec encore plus de rigueur et de gaieté.

Il était grand, de forte carrure ; le sang asiatique de son père et le sang russe de sa mère avaient donné en se mêlant cet homme beau, droit, honnête.

Il émanait de lui une impression de bonté et de charme. Il portait toujours des vêtements propres, ne dégageait aucune odeur masculine, avait le teint frais et souriait toujours, comme s'il avait très bien dormi, qu'il s'était lavé avec énergie, avait brossé ses dents avec fougue et était sorti de sa salle de bains pour aller retrouver de bons amis, avec un sourire radieux sur son large visage.

Il avait des traits de caractère que j'apprécie au plus haut point chez les personnes de sexe masculin : il était absolument indifférent à l'argent, pouvait se libérer à toute heure du jour et de la nuit pour vous venir en aide, ne manifestait pas envers les femmes d'intérêt maladif et obsessionnel, et ne parlait jamais d'elles.

Il ne ressemblait ni aux enfants lascifs de l'Orient, ni à cette nouvelle race d'hommes russes qui se définissent comme de "vrais" mecs.

L'individu, tel qu'on se le représente dans cette catégorie, se doit d'être toujours décontracté, mais en réalité il est douloureusement tendu, légèrement tourmenté même, par des efforts incessants pour passer au crible chaque mot qu'on lui adresse, au cas où ce mot contiendrait une quelconque perfidie, un doute quant à sa nature d'homme véritable, d'homme viril, nom de Dieu !

Il faut se comporter avec eux de la manière qui convient : je suis de la même race que toi, regarde-moi bien. Extérieurement, ma dignité est discrète, mais à l'intérieur, elle est lourde comme des couilles de bronze. Regardez comme je porte ça. Touchez, et vous sentirez tout de suite combien c'est du solide.

Je suis capable de me comporter ainsi, je l'ai souvent fait, ce n'est pas très compliqué, mais on en a vite assez.

Hamas était tout à fait différent. Mes relations avec lui étaient très simples et lui aussi, j'en suis convaincu, se sentait bien avec moi.

Attablés ou non devant un verre, on se parlait avec cette bonté tendre, cette attention affectueuse qu'on ne rencontre que quand on est gosses, lorsque, âgés d'une douzaine d'années, après une bonne partie de pêche, une belle averse généreuse dont on avait essayé de se protéger sous des buissons peu efficaces qui nous égratignaient, on marchait en compagnie d'un copain complètement oublié depuis, à travers une prairie d'une beauté insoutenable, et que l'immense joie du monde nous avait, pour la dernière fois peut-être, rendus bons, honnêtes, joyeux, et pas du tout, mais alors pas du tout adultes.

Et voilà que cette sensation était revenue. Comme je l'ai dit, nous parlions de nous-mêmes, et aussi l'un de l'autre, et nous ne disions que des choses bonnes, sans aucun désir de faire de l'esbroufe. A quoi cela nous aurait-il servi, nous n'avions pas besoin de ça. Nous n'avions rien à prendre l'un à l'autre, et rien à proposer.

Nous conduisions ensemble, côte à côte, des colonnes de jeunes gens passionnés et sans peur, dans les rues des villes les plus diverses de notre empire fourvoyé, jusqu'à ce que le pouvoir nous traite d'ordures et de charognes qui n'avaient pas et ne pouvaient avoir de place dans ce pays.

J'étais assis dans ce trolley et je sentais, en pensant à Hamas, mon visage d'argile humide et fraîche s'étirer dans un sourire.

“Ce serait génial s'il était dans ce trolley en ce moment...” pensai-je d'abord.

Au tour de potier suivant, le sourire s'effaça de mon visage, et je me fis la réflexion que, en ce moment, je n'avais besoin de personne, de vraiment personne.

“Hamas, pardonne-moi.”

Elle m'a toujours paru étrange, la rengaine de la belle mort aux yeux de tous. Moi, je ne veux ni mort ni douleur en public. Les animaux sont infiniment plus intelligents : s'ils s'accouplent sans vergogne, en revanche ils se cachent pour mourir.

Je n'ai jamais voulu, à certains moments de ma vie, partager mon bonheur avec les autres, et d'ailleurs qui cela aurait-il pu intéresser ? Mais je n'ai pas voulu non plus partager l'humiliation. Pas une fois je n'ai convié l'élue de mon cœur aux processions de drapeaux rouges et noirs : je ne voulais pas qu'elle vît des étrangers me traîner sur le bitume.

“Tiens bon, Hamas, dis-je pour me dédouaner. Nous allons tous nous retrouver là-bas. Ils vont bientôt m’y amener moi aussi. Ils sont déjà à l’affût… de vrais mecs, ces gens-là…”

Je les imaginais, allant et venant en ce moment dans mon appartement, interrogeant ma femme pour savoir quand j’étais parti, où j’étais allé, quand j’arriverais et où. Et elle restait sans bouger, les regardant avec haine et mépris ; elle n’avait même pas eu à effacer ces expressions de son visage : c’est ainsi qu’elle m’avait regardé quelques minutes avant leur arrivée.

J’étais une ordure et une charogne, j’avais depuis longtemps perdu l’homme en moi, je ne l’appelais pas, et il ne se montrait pas.

Elle aussi l’appelait en moi, mais à elle non plus il ne répondait pas.

Par la suite, encore des années plus tard, nous avons complètement cessé de nous toucher : nous dormions côte à côte, paisibles, comme des moines. Mais n’ayant pas la force de supporter cet éloignement, toujours, dès qu’elle s’endormait, j’effleurais à peine son pied du mien – vous savez, près du talon, sur la cheville il y a une petite veine bleue. C’est par cette petite veine, unique et faible, que je m’accrochais à elle.

Tout tenait là-dessus, sur cette seule petite veine.

A un tournant, le trolley perdit sa perche et s’immobilisa, beau, rouge, agitant sa moustache sans vie.

Les rares passagers se collèrent aux fenêtres : qu’espéraient-ils voir, quelle nouvelle espéraient-ils apprendre ?

Le chauffeur, calme, descendit en enfilant des gants sales, qui avaient été blancs dans le passé.

Au bout d'une minute, le trolley se mit à gronder, et tous poussèrent un soupir de soulagement. La contrôleuse prit alors une mine qui donnait l'impression qu'elle avait pris une part active dans la réparation de ce désordre.

Les contrôleurs, je l'ai remarqué, se comportent souvent dans les transports comme s'ils étaient chez eux. "Dans mon trolley, personne ne se conduit comme ça, disent-ils fièrement. Dans mon… j'ai… je vous le dis…"

C'est fou ce que les gens aiment posséder. Même un trolley.

Je jetais parfois un coup d'œil sur la route et il me venait une pensée absurde : j'allais tomber à l'instant sur une voiture de policiers excités qui auraient les yeux braqués sur le trolley et qui, ô miracle ! m'apercevraient soudain, tout ramolli et presque sentimental, le front contre la vitre, le regard vide et clair.

"C'est ça, ils vont te retrouver à l'odeur", me disais-je en me moquant de moi-même, tout en continuant à regarder de temps à autre les voitures filant à côté du trolley qui, lui, n'était pas pressé.

"… Il n'empêche que si Hamas était là – j'étais revenu à mes pensées du début – nous fuirions en ce moment tous les deux dans notre sainte Russie. Nous irions, par exemple, chez mon grand-père, dans sa province des terres noires. Grand-père serait tout content, il chaufferait le bain… Ensuite, on boirait de son tord-boyaux, qu'on accompagnerait de bonnes petites tranches de lard. Génial, non ?…"

Mais nous n'irons ensemble chez aucun grand-père.

Et tu n'iras même pas tout seul. Qu'est-ce que tu ferais là-bas ? T'amuser à gratter la terre avec un bâton ?

Grand-père, qui plus est, n'habite pas dans la taïga, mais à cent mètres de la route qui mène à la capitale. Si on te cherche, on n'aura pas de mal à te trouver. Imagine la tête qu'il fera quand il verra son petit-fils chéri traîné hors de la maison par la peau du cou…

Dans les rues, les jeunes femmes russes, sensibles à l'appel du printemps, portaient déjà des jupes et des chaussures fines. Les hanches ardentes des plus belles semblaient équipées d'un élégant balancier. Si son mouvement n'avait aucune précision ni fiabilité, en revanche, il offrait toujours de l'espoir.

Je suivis l'un d'entre eux, logé dans une jupe marron en stretch et je compris que ce balancement ne m'intéressait pas et que les espérances promises n'avaient pour moi aucune importance.

C'est bien de rester sans espoir, lorsque le cœur vide n'est rempli que d'un léger courant d'air. Quand on prend conscience que tous les êtres qui vous ont tenu par la main ne vous retiendront plus, et que vos poignets glissent de leurs paumes.

Avant, oui, nous nous tenions par les mains, elle et moi.

En parcourant la ville, je pouvais me rappeler chaque rue, chaque arrêt d'autobus, chaque square, chaque allée, chaque parc : nous les avions tous traversés ensemble, main dans la main, de long en large. Où que nous allions, dans quelque direction que nos pas nous aient entraînés.

Quel bonheur, c'était : ça ressemblait à une voile bien tendue.

Le trolley passa devant un kiosque, un feu tricolore qui avait perdu ses couleurs au soleil, un poteau recouvert d'affichettes annonçant des spectacles, un homme encore en manteau d'hiver qui s'arrêta brusquement. Et à ce moment, le soleil, qui jusque-là vagabondait sur le toit du véhicule, m'inonda de toute sa force, comme un seau d'eau printanière.

"Mon Dieu, merci – dis-je soudain malgré moi, avec une sincérité que je n'avais dû avoir qu'à ma naissance, lors de mon premier cri –, merci mon Dieu." J'avais tant de bonheur, j'avais reçu à pleines brassées tout ce qu'un homme doit avoir : le pardon, la pitié, la pulsation folle de la tendresse !

"La fidélité et l'extase, c'est tout ce qu'il faut à un homme, c'est ce qui est le plus important, et j'ai eu tout cela, je l'ai eu à profusion !" me revint-il soudain en mémoire avec un sentiment de gratitude.

Je remerciai, le cœur plein de joie, avec des yeux qui regardaient le soleil et voyaient une immense lumière.

"Je sais aussi ce qu'est la paume de mon fils et la respiration de ma fille, me dis-je tout bas, mais si je me mets à y penser une seconde de plus, je mourrai le cœur brisé."

La contrôleuse me regardait à présent avec agacement, elle avait compris que j'avais fait presque toute la ligne sans but précis. Elle brûlait d'envie de me dire que son trolley n'avait pas été mis en circulation pour promener les fainéants.

Nous approchions du pont. De la place. Du carrefour.

"Je n'ai rien à perdre, j'ai déjà tout eu", dis-je tout haut et j'eus un sourire sur mon visage vivant qui me semblait avoir acquis de nouveaux muscles, une nouvelle peau, un sang nouveau.

"Je n'ai rien à perdre, j'ai déjà tout eu, et personne ne pourra me l'enlever", me dis-je.

"Je ne suis pas un loup pour devoir vous fuir", me dis-je encore avant de descendre du trolley.

“Je rentre à la maison”, ajoutai-je en allumant une cigarette.

Je marchais sans presser le pas, en faisant légèrement claquer mes talons, en regardant par terre et en me souriant à moi-même. Devant l'entrée de l'immeuble, je jetai mon mégot d'une chiquenaude habile, il vola très loin ; après avoir suivi sa trajectoire et sa chute, j'aperçus une chaussure qui marchait sur le filtre que j'avais mordillé.

— Hamas, putain de ta mère ! dis-je, et nous nous mîmes à rire. Hamas, mon salaud ! m'écriai-je, et nous nous étreignîmes. D'où viens-tu ? Tu t'es sauvé ?

— Tout baigne, répondit-il.

— Et moi, ils m'attendent à la maison, me rappelai-je soudain avec amertume, en le regardant dans les yeux avec l'espoir qu'il trouverait quelque chose, puisqu'il était à présent en liberté.

— Non, plus maintenant, fit-il d'un ton assuré. Ils viennent juste de sortir de chez toi. Entre parenthèses, ils m'ont salué très aimablement. “Tu es déjà de retour ?” ils m'ont demandé. “Comme vous le voyez”, je leur ai fait. Ils m'ont dit de te passer le bonjour. Et de te faire savoir que tu pouvais encore te promener. Pour toi, c'est la fin de l'alerte.

— Tu es sérieux, Hamas ?

— Je n'ai pas l'habitude de plaisanter avec ça. C'est le département spécial du FSB – pour la lutte contre le terrorisme. Ils m'ont embarqué à Saransk, pour vérification, ils voulaient te choper aussi. Mais ils n'ont pas pu me coincer, et, pour toi, ils ont changé d'avis.

Nous piétinions sur place en nous donnant des bourrades, et je me sentais l'envie de danser et de faire pour quelqu'un quelque chose de bien. Un SDF sombre et concentré fouillait une benne à ordures, je me retins avec peine de mettre mes bras autour de lui et d'embrasser sa nuque en broussaille qui dégageait une sacrée odeur.

Nous regagnâmes ensemble la rue que le mois de mai inondait de lumière, nous nous achetâmes une glace, la mangeâmes avec des éclats de rire qui découvraient nos bouches barbouillées de crème blanche. Le bitume ramolli s'étendait sous nos pieds, et chaque chien vagabond que l'on rencontrait agitait sa queue en guise de salut, comme si nous étions de la même espèce : des bâtards ; l'un d'eux lécha de sa truffe humide et printanière la main que j'avais tendue vers lui.

Le soir, je me disputai de nouveau avec ma femme.

RÉCIT DE GARÇONS

Mon jeune frère, en sortant de prison, a décidé de devenir raisonnable.

— Maman, a-t-il fait, je suis devenu raisonnable. Donne-moi cinq mille roubles.

Notre mère s'est signée et a donné l'argent en regardant mon frère dans les yeux avec une ardente espérance.

Mon frère s'appelait Valentin, Valiok pour les intimes, et il avait un ami du nom de Roubtchik.

Roubtchik avait hérité de son père un garage. Il avait attendu le retour de mon frère et lui avait proposé de rompre avec le passé, de construire dans ce garage un atelier de mécanique, et de gagner ainsi leur vie.

Mon frère, à l'inverse de moi, savait tout faire de ses mains. Les sept dernières années, il s'en était servi, il est vrai, pour fracturer les portes et préparer la drogue. Mais la proposition de Roubtchik lui avait plu et les deux garçons s'étaient mis à réfléchir pour savoir par quel bout commencer. Ils décidèrent d'acheter une épave et de la rendre nickel.

Ils trouvèrent ce qu'ils cherchaient dans la campagne proche : une Jigouli blanche ancien modèle, cabossée de partout, dans les entrailles crasseuses de laquelle il manquait la moitié des grosses pièces. Malgré tout cela, la Jigouli pouvait rouler. Mais pas freiner. La pédale de frein était toute flasque, comme une sandale au pied d'un alcoolique.

Le levier de vitesse fonctionnait, mais avait été étrangement cassé en plein milieu, et ressemblait depuis à un pivot pointu.

Mon frère examina la voiture, ouvrit le capot, poussa un léger sifflement et demanda au propriétaire combien il voulait en échange de cette splendeur.

— Dix, lâcha d'une voix étouffée le propriétaire, un jeune gars aux cheveux rares et au visage blanc et bouffi, parsemé de nombreux grains de beauté.

— Réfléchis encore quelques secondes et faismoi une autre proposition, lui demanda mon frère.

— Neuf, répondit le propriétaire.

— Non, si on continue comme ça, on y sera encore demain matin. Alors, pour faire court : cinq, et l'argent demain.

— Vous voulez la voiture pour rien ? Allez-y, volez-la tout de suite.

Mon frère n'était pas rasé et son aspect inclinait à ce genre de pensées. Il se mit à rire, fit un clin d'œil au propriétaire grassouillet et lui donna une petite tape.

Une fois rentré, il alla immédiatement chercher l'argent chez notre mère.

Roubtchik aussi avait une mère, mais celle-là n'avait jamais d'argent.

Maman lui a donné ce qu'il voulait et a longtemps soupiré ensuite dans sa cuisine.

— On va à la campagne chercher la voiture ? me demanda mon frère. On en profitera pour prendre l'air.

Il avait été condamné à six ans de prison ; on avait réduit sa peine de moitié pour bonne conduite et grâce aux cadeaux de maman. Pendant ce temps, Roubtchik s'était acheté une toute petite voiture de marque étrangère. Elle était rapide et, qui plus est, tout-terrain. On s'y installa et on se mit à fumer tous les trois en même temps. La voiture prit de la vitesse et l'intérieur fut vite aéré.

Roubtchik était tout excité, il passait les vitesses avec une élégance juvénile et tournait son volant d'un geste sûr.

C'était un mois d'août tiède, mou comme un lendemain de cuite. Les filles se dépêchaient de prendre le soleil, c'était la dernière fois de l'année qu'elles se dénudaient.

Roubtchik aimait beaucoup les femmes, nous le savions.

— Matez la nana ! criait-il avec enthousiasme et attendrissement, en tournant la tête. Regardez cette démarche !

Il s'était retourné, autant que ses vertèbres cervicales le lui permettaient et ne faisait plus attention à la route.

— Regarde devant toi, tu nous emmerdes à la fin ! l'engueula mon frère.

— Ça va, arrête de baliser, répondit gaiement Roubtchik, mais une seconde plus tard, il hurlait de nouveau avec bonheur : Valiok, je vais freiner ! Regarde, elles mouillent déjà. Je te garantis qu'on va s'envoyer en l'air directement dans la voiture, dès qu'on sera garés.

Roubtchik avait déjà mis son clignotant, dans l'intention de se garer sur l'arrêt d'autobus, où se pavanaient deux écolières aux yeux stupides, et outrageusement maquillées.

— Roub, t'es malade ou quoi ? s'énerva mon frère qui pourtant, je le savais, s'amusait beaucoup en son for intérieur.

Roubtchik arrêta le clignotant : nous revînmes sur la voie que nous venions de quitter, les filles nous suivirent tristement du regard.

— Tu as vraiment besoin de ces pisseuses ? continuait à brailler mon frère d'une voix rauque. Je croyais que c'était une tire qu'on allait chercher !

— J'y vais, j'y vais, arrête de gueuler comme ça, se défendit Roubtchik qui n'arrêtait pas de jeter des coups d'œil dans le rétroviseur, ce qui le fit presque emboutir l'arrière d'une voiture de marque étrangère qui avait pilé au feu orange clignotant.

Roubtchik réagit très vite : il braqua dans la voie à contresens, contourna l'autre voiture en jurant copieusement, et fila tout droit.

— Il s'est arrêté au feu clignotant, ce crétin ! hurla-t-il. Il n'a jamais vu de feux, ma parole !

Il fut distrait quelques instants par l'incident, fuma une cigarette d'un air concentré. Mon frère alluma la radio, tomba rapidement sur Radio Vladimir ou quelque chose du même genre, mais en pire.

Jusqu'au village il y avait une trentaine de kilomètres par la route. Faute de filles, Roubtchik regardait les voitures, en insultant sans méchanceté tous ceux que nous croisions.

— Où est-ce que tu vas à cette allure, patate ! cria-t-il au chauffeur d'une camionnette. Regardez un peu comment il roule ! Trente kilomètres à l'heure, pas plus ! Il va arriver où, en se traînant comme ça ? On lui signe une feuille de route pour six mois, tu crois Valiok ? Comme s'il allait faire le tour du monde. "Je vais à Riazan, adieu ma chère femme, ce n'est pas tout de suite qu'on se reverra", nous fit-il dans un numéro d'imitation.

— Et toi, où tu vas avec ta charrette ?

Là, il franchit une double ligne jaune en laissant derrière lui une voiture de fabrication russe, sans oublier de lancer un regard ironique au conducteur. Roubtchik n'injuriait pas, toutefois, ceux qui le dépassaient. Il les regardait avec tristesse : c'étaient des voitures haut de gamme.

— Regardez, des putes à camionneurs ! reprit-il tout excité.

Sur le bas-côté il y avait deux filles qui semblaient indifférentes à tout, et dont les jupes auraient fait une octave et demie si, de ses doigts, on les avait mesurées sur un piano.

— C'est parti, on va perdre cinq mille roubles, dit mon frère.

— Je les aurais bien perdus, moi, répondit l'autre avec mélancolie, ne parlant manifestement pas de la même chose.

Il ralentit et roula lentement sur une cinquantaine de mètres, la tête baissée, en regardant avec ravissement les prostituées et en salivant presque.

— Valiok, on pourrait peut-être leur faire un brin de causette ? demanda-t-il d'une voix où ne perçait aucun espoir.

— La prochaine fois, Roubtchik, lui promit mon frère. Appuie sur l'accélérateur maintenant, tu comptes rouler au point mort jusqu'au village ?

Dépité, Roubtchik secoua le levier de vitesse, accéléra et lança bientôt la voiture à cent cinquante kilomètres-heure.

Nous ratâmes le tournant pour prendre le chemin vicinal, fîmes marche arrière sur le bas-côté, et arrivâmes à destination en roulant à travers trous et ornières.

— Voilà, on y est presque… Ici, Roubtchik, à gauche, indiquait mon frère.

Roubtchik examinait les environs avec perplexité. Le village offrait à la vue ses palissades de guingois, ses buissons de bardane en fleur, son linge qui se balançait sur les cordes.

— Alors quoi, y a pas du tout de femelles, ici ? demanda-t-il.

— On les a toutes égorgées, répondit mon frère.

— Qu'est-ce que tu veux dire par là ?

— On garde les vaches pour l'hiver, on tue les génisses en automne, pour les vendre.

— Arrête tes conneries.

— Freine, on est arrivés. Voilà justement notre beauté. Souviens-toi de cette minute, Roubtchik. C'est là que commence notre business à grande échelle, qui va faire de nous les hommes les plus riches de la ville.

Le vendeur, le gars au front blanc et à la peau criblée de grains de beauté, s'était mis sur son trente et un pour la circonstance et était sorti de chez lui avec une veste qu'il avait dû porter la dernière fois à la fête de fin d'études. Des caoutchoucs aux pieds complétaient le tableau.

Mon frère dévisageait le vendeur d'un air ironique, ses yeux couraient d'un grain de beauté à l'autre, comme s'il les comptait. On avait l'impression que le trouble en avait fait apparaître encore quelques autres sur le visage du type.

— Eh ben, dis donc, fit mon frère, un vrai ciel étoilé...

— Quoi ?

— Compte, dit mon frère en lui tendant l'argent.

Roubtchik, pendant ce temps, tournait pensivement autour de la Jigouli, et il était évident qu'à chaque tour elle lui plaisait un peu plus.

Il passait sa main sur le toit, donnait du bout de sa chaussure des coups sur les roues, et souriait.

Le vendeur se trompait tout le temps en comptant l'argent et n'arrêtait pas de danser d'un pied sur l'autre en mouillant rapidement les billets du doigt. Puis il les mit dans sa poche.

— Tu as fini de compter ? demanda mon frère. Tout est OK ?

— Ça va, fit hâtivement le vendeur, avant d'ajouter : Je recompterai chez moi.

Il regardait quelque part au-dessus de mon frère, en faisant d'étranges mimiques, ce qui donnait l'impression que les grains de beauté de son front et de ses joues couraient d'un endroit à l'autre.

Mon frère se retourna. A leur rencontre venaient plusieurs gars, cinq exactement, d'un pas délibérément lent, et qui s'efforçaient de passer pour des durs.

Roubtchik avait toujours son sourire, et faisait celui qui est content de faire de nouvelles connaissances, bien qu'il n'y eût aucune raison de se réjouir.

Les types commencèrent à donner de la voix, alors qu'ils étaient encore loin. Ils saluaient par toutes sortes d'interjections le vendeur de la Jigouli, qui ne répondait pas.

— File-moi les clefs, dit mon frère tranquillement.

Il comprenait toujours très vite la situation.

— Hein ? demanda l'homme au front blanc.

— Les clefs de la voiture. Donne-les-moi.

Il reçut les clefs toutes chaudes d'avoir été dans la main moite du vendeur.

Mon frère, visiblement, se rendait compte que nous pouvions facilement quitter les lieux tout de suite, en laissant l'autre se débrouiller avec ses copains du village. Mais laisser tomber ce gars immédiatement après la vente, il n'en avait pas envie.

Ce sont des choses qui ne se font pas.

Nous attendîmes que les types s'approchent et s'arrêtent devant nous en demi-cercle, les mains dans les poches de leurs doudounes qu'ils portaient soit à même la peau, soit sur un tricot crasseux. On était en août, comme je l'ai dit.

Roubtchik sortit de sa poche une boîte d'allumettes et nous rejoignit, abandonnant la Jigouli. Je savais pourquoi il avait sorti la boîte, je connaissais le numéro. Il allait se mettre à la secouer doucement, à la caresser de ses doigts calleux, puis, à un certain moment, d'un mouvement léger, inoffensif, il la jetterait en l'air. Pendant que celui qui était en face de lui la suivrait du regard, il recevrait en pleine mâchoire le poing de Roubtchik, petit mais très dur.

Roubtchik aurait pu rattraper la boîte après ce tour, mais il n'aimait pas les effets faciles.

— Alors, Grosse Tête, on joue au grand ? demandèrent à notre vendeur les nouveaux venus, tout en nous toisant et en promenant leurs regards sur la voiture de Roubtchik.

Mon frère fit disparaître les clefs dans sa poche. Roubtchik prit une allumette et se mit à la mâchonner.

— Tu es devenu sourd, Grosse Tête ? reprirent-ils à l'adresse de notre vendeur au front blanc qui se contenta d'ouvrir la bouche, incapable qu'il était de sortir ne serait-ce qu'un son.

— Y a un problème, les gars ? demanda mon frère d'un ton paisible.

— En tout cas, c'est pas le tien, riposta l'un des types ; mais ils n'étaient pas tous d'accord et un deuxième se mêla à la conversation.

— Tu as apporté de l'argent pour la tire ? Donne-le-nous. Grosse Tête nous en doit.

— Vous voulez qu'on le partage entre vous ? demanda naïvement mon frère.

— Non, il est pour moi seulement, répondit l'un des cinq.

— Il t'en doit beaucoup ?

— S-s… Sept mille, précisa un autre après un temps d'hésitation.

Celui qui avait fait cette réponse était roux, boiteux, et visiblement idiot.

Roubtchik secouait doucement sa boîte, le regard fixé sur mon frère pour comprendre si c'était le moment ou non. Mon frère avait remarqué l'inquiétude de son ami et il fit un signe de tête imperceptible qui voulait dire : pas pour l'instant, ne bouge pas.

— Vous savez les gars, on va faire ça à la régulière, fit mon frère à celui qui était venu récupérer sa dette. Je parle pour Grosse Tête, et toi pour toi. Ça te convient ?

— Grosse Tête est capable de parler tout seul, rétorqua quelqu'un.

— Mais l'argent, c'est encore moi qui l'ai, mentit mon frère. Et en ce moment, c'est à Grosse Tête que j'ai affaire. Donc, je peux écouter ce que vous avez à dire et décider si je vous remets l'argent ou non. Tu n'es pas contre, Grosse Tête, si j'écoute les gars ?

Le front blanc se secoua avec tant de vigueur que les grains de beauté du visage faillirent s'éparpiller sur l'herbe.

— Exposez les faits, les gars, nous sommes tout ouïe.

— Il a écrasé ma chèvre, se dépêcha de répondre le rouquin.

— Parfait, dit mon frère dont la voix eut un léger tremblement, annonciateur d'un rire tout proche, qu'il parvint toutefois à réprimer au dernier moment. Tu as une chèvre ?

— C'est ma grand-mère qui en a une.

Le type répondait vite et cette hâte trahissait immédiatement sa faiblesse.

— Et la chèvre est morte ? demanda mon frère.

— Non, elle a eu une patte cassée.

— D'accord, fit mon frère.

J'avais de la peine à ne pas rire.

— Et la patte d'une chèvre coûte sept mille roubles ? continua mon frère.

— Sept mille roubles, répéta l'autre, toujours à la hâte.

Mon frère hocha la tête sans rien dire.

— Et maintenant, est-ce que tu peux me prouver, reprit-il, pourquoi ça vaut sept mille roubles ?

— Comment ça ? fit son interlocuteur en secouant un toupet de cheveux roux et sales.

— Pourquoi tu réclames sept mille roubles ? Qui a décidé ça ? Toi ?

— Moi... répondit le plaignant, beaucoup plus lentement cette fois.

— Et pourquoi sept ? Pourquoi pas cinq ? Pourquoi pas neuf mille ? Hein ? Pourquoi pas six mille trois cent quarante et un roubles et vingt kopecks ?

Mon frère avait la faculté de s'énerver pour de bon face à la bêtise humaine et de faire passer dans son regard toute sa rage.

— Tu ne sais pas qu'une accusation doit être prouvée ? demanda-t-il. Personne ne te l'a jamais dit ? Hein ? Ou alors tu ne sais pas ce que ça coûte d'accuser sans preuve ?

— Pourquoi je suis obligé de prouver ? rétorqua le gars, et là, mon frère se mit à rire.

— Je n'ai rien à te dire de plus, fit-il avec un vrai mépris de mec.

Dans les rangs de nos racketteurs se produisit un mouvement étrange, comme si chacun d'entre eux cherchait appui chez le voisin et que le voisin pendant ce temps se sentait tout faible sur ses jambes. L'envie de palabrer leur était manifestement passée ; il n'était plus temps, semblait-il, de se lancer dans une bagarre ; mais il était tout à fait humiliant de quitter les lieux en silence.

— On repassera, Grosse Tête, fit l'un d'eux pour sauver, comme il pouvait, les apparences, avant de battre en retraite.

Et ils s'en allèrent.

Mon frère les oublia séance tenante, mais une minute plus tard, il demanda simplement :

— Et pourquoi tu lui as écrasé sa chèvre ?

— C'est à cause de mes freins qui ne marchent pas…

Le type voulut accompagner son récit de détails, mais mon frère ne l'écoutait plus.

— Tu as compris, Roubtchik ? s'adressa-t-il à son ami. On va rouler lentement, à trente kilomètres-heure. Et encore mieux, à vingt.

— Pas de problème, répondit ce dernier en attachant son câble.

Mon frère s'installa dans la Jigouli, je sautai sur le siège avant à côté de lui, nous démarrâmes.

Le type au front blanc, debout sur le seuil, nous suivait d'un regard tendre et reconnaissant. Nous le saluâmes enfin d'un coup de klaxon. Il voulut, semble-t-il, nous faire un signe de la main, mais comme sa main, qui tenait l'argent, était dans sa poche, il se contenta de bouger l'épaule.

Pour rejoindre la route, il fallait grimper une côte, et Roubtchik nous tractait vaillamment dans la poussière d'août. Le câble était tendu comme une veine ; à notre approche, les oies fuyaient en tous sens, bruyamment mais avec lenteur, tandis que les poules s'éparpillaient en toute hâte.

Lorsqu'il atteignit la route, Roubtchik accéléra immédiatement, et la Jigouli fit un bruit d'enfer, risquant de se disloquer de toutes parts. Mon frère, excédé, frappa le klaxon de son poing, pour faire comprendre à son ami le danger de sa conduite, mais la voiture qui, encore sept minutes auparavant, donnait de la voix, resta muette cette fois. Le klaxon ne marchait plus.

— Roubtchik ! hurla mon frère en faisant des appels de phares, mais naturellement personne ne l'entendit ni ne le vit.

Il essaya, de la main gauche, d'ouvrir la fenêtre, mais la poignée tournait à vide : la vitre ne se baissait pas.

Pendant ce temps, voyant avec terreur le câble qui s'infléchissait et la voiture qui filait devant nous à toute allure, et réalisant que nous pouvions à tout moment lui rentrer dedans, j'essayai de composer le numéro de portable de Roubtchik. Mes doigts sautaient sans arriver à appuyer sur les touches. Je parvins tout de même à le joindre au bout d'une minute. Mon frère m'arracha le téléphone des mains et accabla Roubtchik d'une salve de protestations qu'il avait eu le temps de bien mijoter.

Dans une petite montée, Roubtchik ralentit l'allure et nous roulâmes plus doucement et plus lentement. Mon frère pestait encore, mais plus doucement lui aussi, et plus lentement.

Nous allumâmes une cigarette, mon frère essaya à nouveau de baisser la vitre mais sans résultat ; il voulut utiliser le cendrier, mais il tomba d'un bloc, éparpillant sur le levier de vitesse la cendre et les mégots écrasés de cigarettes sans filtre.

Entre-temps, Roubtchik avait aperçu une cible qui n'était parlante que pour lui seul, et il avait légèrement accéléré.

— Qu'est-ce qu'il fait, ce con ? fit mon frère et, de nouveau, je me mis à composer le numéro de Roubtchik.

Lorsque je vins à bout de l'opération et alors que j'entendais les sonneries lentes et douces, je vis où se dépêchait ainsi notre camarade : sur la route, il y avait des putes, les mêmes que tout à l'heure. L'une nous tournait le dos. L'autre nous faisait face : une jambe en avant, elle observait avec curiosité la voiture qui s'approchait d'elle à toute allure et, derrière le pare-brise, un Roubtchik dilaté dans un sourire attendri.

— Roubtchik, qu'est-ce que tu fous ? eut le temps de soupirer mon frère lorsque son copain freina brusquement à côté des putes.

Avec le bruit caractéristique de la tôle froissée, nous vînmes enfoncer l'arrière de sa voiture à l'arrêt.

Lorsque je sautai de la Jigouli, j'entendis la voix de Roubtchik :

— Salopes ! Vieilles morues ! Radasses !

Il était déjà dehors et regardait, les yeux fous, ce que lui avait coûté sa décision de s'arrêter.

— Pour quelle putain de raison vous stationnez ici, connasses ? gueulait-il, tandis que ses mains cherchaient fébrilement un objet avec lequel il pourrait punir avec cruauté et délice ces deux filles dépravées qui l'avaient détourné du droit chemin bitumé.

N'ayant trouvé ni courroie ni bâton suffisamment solide, ses paumes rageusement écartées, il se précipita vers les femmes qui se montrèrent futées et rapides. Roubtchik leur courut après sur une centaine de mètres, puis fit un geste montrant qu'il renonçait et revint vers les voitures.

Mon frère fit marche arrière, sortit à nouveau de la Jigouli, et nous restâmes debout une minute, abattus, à regarder, en fumant une cigarette, les résultats de la première partie de notre voyage.

Après nous être un peu remis de nos émotions, nous être bien insultés, et avoir copieusement craché par terre, nous remontâmes à bord de nos voitures.

— On aurait mieux fait de donner le fric à ces pétasses et de repartir sans voiture, dit Roubtchik. Ça nous aurait coûté moins cher.

Du reste, il dit tout cela sans colère et en souriant presque.

A une centaine de mètres de l'endroit où nous étions, les putes furent hissées dans la cabine d'un camion et lorsque ce camion reprit de la vitesse et qu'il passa à côté de nous en nous balançant toute sa fumée, Roubtchik sortit par la fenêtre sa tête pleine d'arrogance, et parvint à souhaiter à ces créatures qu'on leur fasse ça et ça et encore ça, à l'endroit et à l'envers, et qu'après on leur arrose les parties de tord-boyaux et d'antigel.

Le chauffeur du camion freina, montra une gueule toute sale et demanda :

— C'est quoi, ce raffut ?

— Allez, roule, roule, lui dit Roubtchik, avant de démarrer à son tour.

Avec nous derrière lui : difficile de faire autrement.

La route était déserte à part, de temps à autre, quelqu'un qui venait en sens inverse.

Nous n'étions plus très loin de la ville, mais à présent nous faisions attention et avancions très lentement. S'il y avait un problème, mon frère freinait, rétrogradait, et d'autre part le câble nous permettait de manœuvrer lorsque nous nous déportions soit à gauche de l'arrière défoncé de la voiture de Roubtchik, soit à droite.

Lorsqu'il aperçut dans une brume blanchâtre sa ville natale, Roubtchik perdit probablement à nouveau le sens des réalités, et de toute façon ça l'ennuyait de rouler lentement : jamais de sa vie il n'avait consenti à ce genre de conduite. Les roues s'emballèrent, le paysage défila des deux côtés à toute allure, toutes les articulations de la Jigouli se mirent à craquer, le cendrier à cliqueter.

— Téléphone-lui, dit mon frère qui, de temps en temps, appuyait par réflexe sur le frein complètement insensible.

Au virage suivant, la boîte à gants ouvrit toute grande sa bouche noire en laissant échapper de nombreuses clefs à molette, du chatterton, du papier émeri... J'en fis tomber mon téléphone de frayeur.

En jurant copieusement, nous nous approchâmes d'un carrefour : mon frère, arc-bouté sur le volant, et moi fouillant frénétiquement dans le bric-à-brac éparpillé sur le plancher, à la recherche de mon mobile. C'est alors qu'une Jigouli dernier cri nous dépassa et pila devant nous pour laisser passer un camion qui filait sur la voie principale en travers de notre route. Roubtchik, appuyant à mort sur la pédale de frein, donna un brusque coup de volant à droite, tandis que mon frère, afin d'éviter d'emboutir une deuxième fois l'arrière de la voiture de son copain, s'était déporté encore plus sur la droite, sur le bas-côté qui s'en allait doucement vers un ravin.

— Rou-ou-btchik ! eut le temps de crier gaiement mon frère lorsque nos voitures arrivèrent au même niveau.

Roubtchik nous regardait en souriant et, nous, nous ne pouvions cacher notre admiration pour lui.

Le câble n'avait plus de jeu, notre Jigouli tira brusquement vers elle la voiture de Roubtchik, et nous ne vîmes plus rien après que la nôtre eut fait, en se disloquant, en grondant et en grinçant, deux tonneaux en direction du ravin.

Sous nos yeux passèrent à toute allure des buissons, le ciel, des buissons, le ciel, l'herbe, beaucoup de vert, de jaune et de rose.

Avec un horrible bruit de tôles fracassées, la Jigouli se retrouva sur le toit, et une seconde plus tard, c'est la voiture de Roubtchik qui atterrit à deux mètres de nous sur le bas-côté.

Pendant un instant, nous restâmes, mon frère et moi, la tête en bas, silencieux, comme si nous étions en train de méditer en regardant les motifs du pare-brise éclaté. La dynamo fonctionnait, les roues tournaient.

La dynamo marche, dit mon frère avec un étonnement tranquille, et il tourna la clef de contact. Le moteur cala

— Tu n'as rien ? demanda-t-il.

J'avais le visage couvert de cendres, mais j'étais sain et sauf.

Nous défîmes nos ceintures et, en poussant les portières avec nos pieds, nous commençâmes à nous extraire de là. Les portières finirent par s'ouvrir et nous sortîmes en rampant dans l'herbe de ce mois d'août.

Nous nous mîmes debout, palpâmes nos bras et nos jambes.

— Tu as du sang sur le visage, fis-je remarquer à mon frère.

— J'ai pris la clef à molette dans les gencives, répondit-il sans y attacher d'importance ; il cracha, puis appela Roubtchik.

— Retenez la bagnole ! retentit de son véhicule la voix de ce dernier.

Nous attrapâmes chacun ce que nous pouvions – les roues, les amortisseurs, le pare-chocs. A la deuxième tentative, Roubtchik ouvrit complètement sa portière et d'un bond léger nous rejoignit, sain et sauf.

Le chauffeur de la Jigouli dernier modèle accourut vers nous :

— Vous êtes vivants, les mecs ?

Nous tenions toujours la voiture de Roubtchik, comme si elle pouvait agiter ses ailes et s'envoler. Du reste, il y avait un peu de ça.

— Regardez, les gars, dit Roubtchik.

Nous regardâmes : sa voiture était juste au bord d'un autre ravin, et s'il y était tombé, il n'aurait déjà plus été de ce monde. Entre autres, parce que mon frère et moi serions venus nous écraser sur lui.

— Passe-moi une clope, fit mon frère d'une voix rauque.

— Elles sont restées dans la voiture, répondit Roubtchik de son ton habituel, comme si de rien n'était, comme il avait dû répondre un millier de fois avant cela.

Et là, nous éclatâmes de rire.

— Dans la voi... tu... re !... répétait mon frère en riant et toussant. Dans la voi-tu-re ! Dans la voiture, Roubtchik ? Alors, va les chercher...

Roubtchik s'accroupit tellement il riait, et il martelait le sol de son poing.

Le type de la Jigouli nous donna son paquet de cigarettes en disant : “Vous êtes bien joyeux, les gars !” et il remonta le ravin pour rejoindre son véhicule.

Nous le suivîmes, en essayant de voir et de comprendre comment nous avions pu faire ces tonneaux, mais nous ne fûmes pas plus avancés. Le soir tombait déjà, l'obscurité montait lentement, insidieusement.

Exactement comme les putes, nous restâmes un moment sur la route avant de prendre la décision de laisser notre Jigouli sur place, et de dégager la voiture de Roubtchik : pour cela, il fallait absolument arrêter un camion dont le chauffeur serait sympathique, et plein de compassion pour la misère d'autrui.

Un assez gros véhicule apparut bientôt.

— Qu'est-ce qui se passe, les gars ? nous demanda un type en descendant de son camion chargé de briques et en venant vers nous.

Et nous comprîmes immédiatement que celui-là nous aiderait.

— Eh ben, papa, on a valdingué.

Sans nous concerter, nous l'avions tous les trois appelé “papa”. Cet homme suscitait la confiance. De plus, cela faisait longtemps que tous les trois n'avions plus de père.

Le “papa” descendit dans le ravin en n'arrêtant pas de nous plaindre et de nous réconforter.

— Ah, les petits couillons ! dit-il. Comment faire, maintenant, pour vous tirer de là…

Nous n'étions pas encore arrivés à la voiture de Roubtchik, tapie tout au bord, qu'un fracas assourdissant en provenance de la route retentit à nos oreilles, un fracas d'une telle intensité qu'on eût cru qu'un vieil avion tout en fer était tombé du ciel. Nous sentîmes, les trois jeunots que nous étions, une faiblesse dans les genoux et nous nous accroupîmes, terrifiés. Notre sauveteur, lui, sans trembler le moins du monde, regarda notre trio toujours accroupi et comme pétrifié, puis tourna lentement les yeux vers la route. Une Gazelle* venait d'emboutir l'aile droite de son camion. On ne voyait pas le chauffeur. Mais le spectacle qu'offrait le côté droit de son véhicule ne laissait aucun espoir de le retrouver en vie. Sous l'effet du terrible choc, les briques qui étaient sur la plateforme du camion étaient tombées sur la camionnette : une partie en embellissait le toit, une autre emplissait la cabine.

Nous nous précipitâmes vers la route… Nous fîmes en courant le tour de la camionnette… Le chauffeur était assis sur le bitume, les pieds nus. Ses orteils bougeaient, comme s'ils se reconnaissaient à nouveau.

Après l'avoir relevé et lui avoir demandé fébrilement comment il se sentait – sans obtenir de réponse – nous finîmes par nous rendre compte qu'il n'avait pas la moindre égratignure ; en rencontrant le camion, il avait juste été éjecté de ses chaussures et s'était retrouvé dehors pieds nus.

Comment tu as fait pour ne pas voir mon camion ? s'énerva le vieux. Tu t'es endormi ou quoi ? Ah, t'es vraiment couillon…

* Type de camionnette.

Lorsque nous ouvrîmes la porte de la camionnette, nous nous rendîmes compte que la caisse du camion se trouvait carrément dans la cabine, à côté du siège du conducteur.

— Si tu avais eu un passager, il aurait pris tout ça dans la poitrine, fit Roubtchik au conducteur qui ne comprenait toujours pas ce qui lui était arrivé et qui dansait sur la route d'un pied sur l'autre, comme un grand oiseau.

— Et ce passager serait en ce moment dans un sale état, avec un tas de briques blanches à la place de la tête, conclut mon frère.

Juste à ce moment-là, déboula une autre Gazelle qui freina dans un crissement de pneus et faillit nous écraser tous : un type d'Asie centrale en descendit précipitamment. Il avait un air pitoyable, comme s'il allait éclater en sanglots, et un ventre énorme qui pointait en avant et qu'il portait sans effort d'un endroit à l'autre tandis qu'il courait autour de nous.

— Tu es vivant ? demanda-t-il au chauffeur qui n'avait toujours pas recouvré le sens de la parole.

J'eus l'impression que l'homme du Sud, en posant cette question, en avait une tout autre en tête, qu'on aurait pu formuler ainsi : "Comment tu peux encore être vivant, espèce de salopard ?!"

— Qu'est-ce que c'est que tout ça ? nous demanda-t-il en chuchotant et en montrant d'un geste la route, les voitures, les briques.

Mais personne ne lui répondit.

— J'ai acheté ces camionnettes, fit-il en pointant un gros doigt sur les Gazelle. Je les faisais conduire chez moi, acheva-t-il en baissant les bras.

Son ventre tremblotait, comme quand on pleure.

— Ce n'est pas grave, conclut celui que nous avions appelé "papa". Ils sont tous sains et saufs, ces petits. Remerciez le ciel, mes petits.

— C'est ce qu'on fait, dit mon frère simplement, en allumant une cigarette.

L'homme du Sud nous regarda, fit bouger ses fortes pommettes avec une expression énigmatique, alla à sa voiture et en revint avec une belle paire de chaussures. Il s'accroupit et les posa aux pieds de son chauffeur.

Ce dernier les mit et prononça enfin, d'une voix rauque, son premier mot, empreint de reconnaissance :

— Mer… ci…

SLAVTCHOUK

Slavtchouk aurait dû naître noir.

Je lis souvent la nuit devant le téléviseur allumé, mais dont j'ai coupé le son. Dans le poste, des jeunes femmes que je n'entends pas chantent en ouvrant toutes grandes leurs bouches aux lèvres rouges. Et lorsque je les observe dans le silence, je comprends avec une particulière acuité que je ne suis pas le seul à m'ennuyer au son de leur voix : elles-mêmes poursuivent d'autres buts, et il n'est pas sûr qu'elles aient envie de chanter. Le chant est simplement le moyen le plus pratique pour montrer le mouvement des lèvres, et tous les muscles qui se contractent et vibrent.

Dans le clip suivant, apparaissent des Noirs, animaux sauvages brillants, musculeux, aux dents blanches, avec parfois une en or juste devant, sur laquelle on distingue à peine un dessin incompréhensible. Les Noirs chantent du rap. J'ai entendu dire, avant, que beaucoup d'entre eux étaient des voyous, et c'est pourquoi je ne peux m'empêcher de remettre le son pour les écouter prononcer des mots que je ne comprends pas.

Les voyous russes ne chantent pas de rap. Sans doute parce qu'ils n'ont pas le sens du rythme.

Slavtchouk était néanmoins d'une race proche de celle de ces chanteurs tristes à la peau noire : muscles saillants, pommettes fortes, narines bien dessinées, sourire presque caressant, lèvres légèrement retroussées, avec une dent recouverte d'un métal étrange, des filles autour qui, enfin, ne chantent pas mais ne peuvent s'empêcher d'effleurer, tantôt d'un côté, tantôt de l'autre, son corps d'homme, exécutant ce pour quoi elles sont faites.

Je ne veux pas dire du tout que Slavtchouk aurait été beaucoup plus à l'aise à Harlem que dans ces contrées où il était écrit qu'il devait naître et mourir. Il était tout à fait dans son élément ici aussi, au milieu des bouleaux et sans mulâtre. Simplement, si on le ressuscitait pour le mettre parmi ses copains à la peau noire, il se serait vraisemblablement senti des leurs.

C'était une petite ville, à peine plus grande qu'un village, dans une plaine de la Russie centrale, qui avait vécu calmement la disparition du pouvoir soviétique. La maison de mon grand-père et celle des parents de Slavtchouk étaient voisines. Les potagers nous séparaient : rangées régulières de pommes de terre, dont les mauvaises herbes, quand elles étaient abondantes, trahissaient toujours le paresseux, le veuf ou l'ivrogne.

Sur leurs plants s'accrochaient des hannetons du Colorado. Quand je les écrasais entre mes doigts, il restait sur mes mains une odeur douceâtre et la couleur jaune de leur mort.

Le matin débutait avec Slavtchouk. Seules les paysannes qui élevaient des vaches se levaient avant lui. Mais on ne les voyait pas : dès qu'elles avaient mené leurs bêtes au pâturage, elles s'affairaient chez elles jusqu'au réveil de leurs hommes.

Slavtchouk était déjà sur le toit, torse nu ; il arrangeait le revêtement en carton goudronné, plantait de longs clous dans les poutres. Il était de taille moyenne, mais bien bâti. On le voyait ensuite sarcler son potager, sous un soleil encore frais qui n'était levé que depuis deux heures à peine, et cela lui allait bien. Il vous donnait envie de manier la bêche avec la même aisance.

Le potager de Slavtchouk ressemblait à une nature morte.

On se demandait avec étonnement comment ses parents avaient pu avoir un tel fils.

La mère de Slavtchouk avait un visage délavé dont pas un seul trait ne pouvait, ne serait-ce qu'un court instant, vous rester en mémoire.

Son père était un petit bonhomme insignifiant, voûté, aux tempes dégarnies et à l'élocution défectueuse. Il était maladroit, toujours agité.

Comment ils avaient pu donner naissance à ce Noir blanc, vigoureux et calme, qui se déplaçait avec grâce, je n'arrivais pas à le comprendre.

Un jour, mon grand-père, qui passait à moto dans un champ, croisa le père de Slavtchouk et ne put s'empêcher de s'arrêter. L'homme était en train de faucher.

— Mais qu'est-ce que tu fabriques… Passe-moi ta faux ! Mon grand-père lui prit l'outil des mains et fit quelques mouvements. Voilà comment il faut faire. Ne ramène pas ta faux vers toi. Tu dois la manier avec souplesse.

Le père de Slavtchouk tomba d'accord sur tout, répondit quelque chose de confus et d'à peine audible, tout en essayant à tout instant de reprendre l'outil des mains de mon grand-père qui réussit malgré cela à faire une rangée régulière, sur le bord d'un pré qui avait été fauché en dépit du bon sens et donnait l'impression d'avoir été récemment piétiné par une compagnie de soldats.

— Un véritable manchot… pesta mon grand-père en enfourchant sa moto et en quittant les lieux au plus vite. Quant à son fils, c'est un voleur. Lui et ses petits copains sont en train de dévaliser l'usine...

Slavtchouk avait aussi deux sœurs plus âgées que lui, qui venaient justement de se marier. Ma grand-mère, au dîner, avait parlé brièvement de leurs maris qui étaient l'un et l'autre des bons à rien et des deux filles qui avaient déjà accouché – l'une d'elles de jumeaux, pour ne rien arranger.

— Maintenant Slavtchouk va devoir en plus nourrir ses sœurs, dit ma grand-mère.

— Tu crois peut-être que c'est à la sueur de son front qu'il gagne son argent ? s'énerva mon grand-père, et il partit plus loin maudire tout son soûl le nouveau pouvoir qui éveillait même chez moi, adolescent de treize ans, un sentiment de morosité et d'hostilité molle.

Quand le soir tombait, Slavtchouk allait chercher la vache dans le pré. Assis sur la berge avec ma canne à pêche, je le voyais apprendre à faire tourner une badine entre ses doigts : c'était une branche solide encore pleine de sève et dont il avait enlevé l'écorce, qui lui servait d'instrument.

Les premiers jours ne furent pas très concluants. Mais une semaine ne s'était pas écoulée qu'on aurait pu le lâcher dans l'arène d'un cirque. Il aurait fait son tour de piste en faisant tournoyer sa baguette.

Je suis à présent adulte et jusqu'à aujourd'hui, lorsque je trouve un bâton droit et sans aspérités, j'essaie, sans succès, de jouer avec en me prenant pour Slavtchouk.

Il devait avoir six ans de plus que moi. Je dois avouer que je n'ai jamais eu avec lui de conversation un peu longue, je ne me rappelle pas bien sa façon de parler, ses expressions ; il ne me reste qu'une impression qui, je l'ai déjà dit, remonte à la surface lorsque j'entends ces Noirs chanter leur tristesse incommensurable sur une musique agressive.

Un jour, nous étions au bord de la rivière – tous les jeunes du village et mon plus proche voisin, Jorka Jila, qui était du même âge que Slavtchouk. C'étaient les habituelles conversations, grossières, truffées de grasses obscénités, et les gars, énervés par ce bouillonnement intérieur qu'attisait la chaleur de l'été, se mirent, à mon grand étonnement, à mesurer la longueur des premiers poils de leur pubis. L'un d'entre nous n'en avait qu'un, mais étrangement long. Le possesseur de cette rareté, relevant de la main gauche son maillot, et étirant de la droite son poil qui avait l'aspect d'une corde tendue, faisait le tour de ses copains, avec une grandissime expression de triomphe imbécile.

Slavtchouk apparut juste à ce moment-là. Tous furent bizarrement gênés et cessèrent de se regarder dans le pantalon.

Il donna l'impression de ne rien avoir remarqué, nous serra la main à tous, échangea quelques mots avec Jila, et s'en alla, sa baguette à la main. Il ne la fit tourner que lorsqu'il eut presque disparu de notre vue : il n'avait manifestement pas jugé nécessaire de se pavaner devant nous.

— Il t'impressionne, Slavtchouk ? me demanda d'un air mauvais Jorka Jila.

Je ne sus quoi lui répondre.

— Il impressionne tout le monde, reprit Jorka avec, me sembla-t-il, une certaine tristesse. Il salue les gens en leur serrant la main, ajouta-t-il d'un ton indéfinissable, bien qu'il n'y eût là rien d'étonnant.

Il serrait la main, et alors ? Jorka lui-même faisait la même chose : d'un geste rapide, il tendait sa main osseuse et froide, à la paume humide, et la retirait aussitôt.

Tous regardèrent Jila un moment, sans rien dire. Tout à coup, sans raison, il fut pris d'un accès de colère et flanqua une gifle à quelqu'un. Et peut-être même à moi. Mais je n'en suis pas sûr.

Un dimanche soir, l'une de mes sœurs alla à la discothèque, et comme je m'ennuyais un peu, je décidai d'aller à sa rencontre. Mon grand-père, toujours cynique, se mit à rire en apprenant où j'allais.

— Tu crois qu'elle a besoin de toi ? Laisse-la s'amuser toute seule et se faire titiller les nichons. Tu ne ferais que l'embêter. Tu viens à la pêche avec grand-père ou non ?

Il lui arrivait de parler de lui-même à la troisième personne.

— Je viendrai un peu plus tard, dis-je très fort. Grand-père avait été plusieurs fois blessé à la guerre et il n'entendait que le discours direct, précis, et sans intonations.

— Viens, répondit-il tranquillement. Nous ferons griller du lard.

J'étais tout jeune encore et c'est pourquoi je trouvais monstrueux que ma sœur de dix-neuf ans se fasse tripoter la poitrine par quelqu'un. C'était quoi cette histoire ?

Ma sœur portait un nom rare dans nos régions de terres noires : elle s'appelait Lilia. Elle avait un visage sérieux, une longue robe étroite qu'elle avait de la peine à baisser sur ses hanches, debout devant le miroir, nullement gênée par ma présence.

C'était un joyeux spectacle que de voir, tous les soirs, les filles de notre village, pomponnées et à talons, marcher péniblement dans cette boue qui faisait partie de notre décor. Mais cette danse étrange allait bien à Lilia : on aurait dit une jeune actrice en retard pour son train.

Quand Lilia riait, les hommes et les jeunes gens la regardaient en silence, la bouche entrouverte, comme s'ils essayaient de reproduire le mouvement de ses lèvres. J'avais parfois l'impression que son rire résonnait comme une moquerie.

A la maison, elle avait une conduite irréprochable : avec une frénésie étrange mais efficace, elle épluchait les pommes de terre, lavait le sol, faisait la lessive. Ensuite, la tête penchée, elle examinait ses mains légèrement enflées, aux doigts fins mais vigoureux, se cachait dans la grange où étaient entassées les réserves de foin, et fumait des cigarettes fortes.

— C'est ça, brûle-moi la grange ! fulminait mon grand-père.

J'errai un certain temps autour de la discothèque d'où parvenait une musique à plein tube, et lorsque la porte s'ouvrait pour laisser passer des filles qui riaient très fort et ne marchaient pas très droit, ou un petit jeune ivre, elle était encore plus tonitruante.

Comme Lilia n'était pas dehors, je me faufilai dans la salle pour la chercher. Le vendeur de billets s'était momentanément éclipsé, et l'idée de ne pas payer l'entrée me chatouilla agréablement.

Des hommes adultes, debout contre le mur, regardaient danser les filles. Au milieu de la salle dansaient aussi plusieurs jeunes gens ; l'un d'entre eux tenait à bout de bras une bouteille d'alcool.

Je traversai la salle à plusieurs reprises, dans l'espoir de trouver Lilia, jusqu'à ce qu'on m'attrape par la manche.

— D'où tu es, toi ? me demanda un type complètement ivre.

Il me dépassait d'une tête et demie et, à en juger par les apparences, il avait quelques années de plus que moi

Je dis le nom de ma rue.

— Et tes copains, où ils sont ?

— Je suis seul, répondis-je.

Le type disparut je ne sais où, et me retrouva un instant plus tard dans la salle où je continuais comme un imbécile à faire les cent pas.

— On sort, me proposa-t-il avec un sourire de travers et en me toisant.

Slavtchouk se tenait à l'entrée de la discothèque, il me fit un signe de tête amical, je surpris son regard mais ne trouvai rien à lui répondre.

Nous allâmes derrière le bâtiment. C'était sombre et ça sentait l'urine. La lumière du réverbère, brisée par l'angle de l'édifice, y parvenait à peine. Trois types nous attendaient, et s'approchèrent de moi ensemble.

On me heurta à la poitrine.

— Qu'est-ce que tu fous là, connard ? me demanda l'un d'eux laconiquement en appuyant, l'haleine chargée, sur le premier mot.

Cette question voulait manifestement dire : qu'est-ce que tu fais ici et, d'une façon plus générale, par quel foutu hasard tu t'es retrouvé sur terre ?

— Y a un problème, les gars ? s'intéressa Slavtchouk qui avait surgi, sans faire de bruit, d'on ne sait où.

Il s'approchait de nous en faisant attention où il mettait les pieds, afin de ne pas marcher dans l'urine.

Tous les quatre se turent d'un air courroucé une vingtaine de secondes jusqu'à ce que celui qui m'avait amené là réponde en me montrant d'un doigt qui puait le mensonge :

— Il m'a bousculé.

— Il t'a bousculé toi seul, ou vous quatre à la fois ? fit Slavtchouk avec un rire gentiment moqueur, et c'est là que je remarquai pour la première fois sa dent au dessin étrange.

— Et pourquoi tu t'es ramené ici ? lui demanda d'une voix un peu sourde celui qui m'avait entraîné là.

— Attention, tu vois je t'ai poussé, reprit Slavtchouk avec un sourire, sans répondre à sa question, et en touchant légèrement le gars à l'épaule. Ça veut dire quoi, maintenant ? Que j'ai tort ?

— On discute entre nous, répondit un grand type en regardant Slavtchouk non pas en face, mais quelque part du côté de son oreille.

— Est-ce que je vous en empêche ? Allez-y, discutez.

Tous restèrent silencieux pendant une bonne minute.

— Ça y est, vous avez discuté ? demanda Slavtchouk. Alors on s'en va.

Il me toucha l'épaule et nous revînmes vers l'entrée de la discothèque.

— Je cherchais Lilia, lui expliquai-je, je ne sais pourquoi.

— Tu ne l'as pas trouvée ?

Sa voix était calme.

— Non. Elle est peut-être rentrée à la maison. Je vais y aller aussi.

Il me fit un signe de tête.

— Slavtchouk, mon chéri, où est-ce que tu étais ? lui demanda une fille surgie de l'obscurité ; au même moment, d'un autre endroit, s'approcha d'un pas rapide une autre fille qui semblait prête à tout, même ici, carrément devant la discothèque...

Lorsque je traversai la petite place qui était devant le bâtiment, j'entendis qu'on me disait depuis les buissons :

— T'en fais pas, on te chopera un jour, morveux !

Tant qu'il y eut la lumière des réverbères, je marchai tranquillement en direction de la maison, mais lorsque ce fut l'obscurité complète, je ne pus m'empêcher de courir, entre les arbres qu'on avait plantés là, glissant parfois dans la boue. Lorsque j'arrivai enfin, et que j'entendis aboyer les chiens de mon grand-père, je m'arrêtai brusquement et me mis à rire : où est-ce que je courais comme un dératé...

Après avoir sifflé les chiens qui me reconnurent instantanément, j'allai à l'étang.

Mon grand-père avait déjà écopé sa barque, disposé les filets, allumé un feu ; en imperméable épais et en jambières, il était assis sur un rondin et enfilait sur des brochettes de gros morceaux de lard. C'est fou, ce que ça sent bon, la viande de porc grillée !

— Alors, tu as perdu Lilia ? me fit-il. Elle traîne quelque part par là.

Je me retournai et l'aperçus. Elle marchait lentement au bord de la rivière. Elle avait sur les épaules une petite pelisse – elle était manifestement passée rapidement à la maison pour se changer.

— Lilia ! m'écriai-je joyeusement. Viens manger du lard !

Ma sœur s'immobilisa et, d'après le mouvement qu'elle eut, je compris qu'elle n'avait pas très envie de venir nous rejoindre, mais qu'elle le ferait quand même.

Elle s'approcha.

Elle ne voulut pas de lard ; d'une façon générale, elle pouvait ne rien manger des journées entières, se contentant parfois d'une tasse de lait avec du pain ou se gavant de pommes ou de baies. Moi, en revanche, j'avalais avidement et en me brûlant ces morceaux qui dégageaient un tel fumet qu'on avait l'impression que les loups de toutes les forêts environnantes n'allaient pas tarder à accourir vers nous.

— Comment tu peux manger cette saloperie, dit ma sœur avec un frisson de dégoût.

— C'est délicieux, répondis-je la bouche pleine.

— Salut, Lilia ! dit d'une voix rauque Slavtchouk qui avait surgi de l'obscurité et qui vint s'accroupir près du feu.

Elle le regarda avec un curieux mélange d'intérêt et d'indifférence. Ce n'était sans doute pas lui qu'elle attendait, encore eût-il fallu savoir qui elle attendait. De plus, Slavtchouk était plus jeune qu'elle, même si ce n'était que d'un an à peine : c'est une différence qui compte à cet âge-là, surtout lorsque la fille se sent encore très jeune. Bien que, d'un autre côté, ce ne fût pas pour rester toute la nuit avec son grand-père, auprès du feu, qu'elle était venue.

— J'ai un frère, on peut aussi le saluer, dit Lilia froidement.

— Nous nous sommes déjà vus, répondit Slavtchouk en me faisant un clin d'œil.

Il paraissait préoccupé et ne pouvait regarder Lilia plus de quelques secondes.

— Lilia ! fit Slavtchouk en s'assurant que le grand-père s'était éloigné pour repousser le poisson vers les souches et les joncs en broussailles, afin qu'il aille plus vite du côté des filets. J'ai apporté de l'eau-de-vie. Tu en veux ?

— Ah, fit-elle, atténuant son mépris par une pointe d'ironie, et elle n'ajouta rien de plus parce que dans son “ah” il y avait une multitude de sens qui niaient non seulement la consommation d'eau-de-vie, mais Slavtchouk lui-même.

— Eh bien moi, je vais boire, fit ce dernier qui ne se troubla presque pas, ou en tout cas n'en laissa rien paraître.

Il se fit rapidement griller un morceau de lard et prit au goulot une grande rasade de son eau-de-vie artisanale, tellement forte, que son odeur masqua quelques instants le goût très prononcé du porc.

J'étais assis et remuais les braises sans me résoudre à quoi que ce fût : si je partais, ma conduite déplairait certainement à Lilia ; si je restais, il y avait de grandes chances pour que ça ne fît pas plaisir à Slavtchouk.

Tout compte fait, c'est à lui que j'étais redevable. D'un autre côté, comment pouvais-je abandonner ma sœur ?

— Tu en veux ? me proposa-t-il en tendant la bouteille.

Lilia suivit le mouvement de sa main d'un air dégoûté.

Je secouai énergiquement la tête :

— Non, non, je n'en veux pas.

Il mit le flacon dans une poche intérieure. Je remarquai que lui aussi avait eu le temps d'aller chercher sa pelisse.

Ayant un peu froid sur la souche où j'étais assis, je décidai de changer de place, mais Lilia se méprit sur mes intentions.

— Reste, me dit-elle d'un ton sévère.

— Mais je n'avais pas l'intention de partir, répondis-je gaiement, tout en jetant à Slavtchouk un regard presque coupable.

Il avait l'air triste.

— Lilia, tu veux bien faire quelques pas avec moi ? lui demanda-t-il.

On sentait combien ça lui coûtait de le faire.

Ils s'éloignèrent et eurent sans doute l'impression d'être allés loin, mais la nuit était silencieuse, transparente, et j'entendais tout.

— Pourquoi es-tu si méchante ?

Lilia, j'en suis sûr, avait dû hausser les épaules : quelle question stupide !

— Tu as vu comment elles se pendent toutes à mon cou ? reprit-il d'une voix sifflante, et je sentis qu'il n'y avait dans cette phrase aucune vantardise, seulement de l'impuissance.

— Et qu'est-ce que ça veut dire ? demanda Lilia.

Il se mit à rire. Et but à nouveau, beaucoup plus que la première fois.

— Tu ne veux pas de moi ? reprit-il.

Je n'arrivais toujours pas à me décider pour qui je devais prendre parti, à qui je devais souhaiter du succès – à Lilia ou à Slavtchouk ?

"Qu'est-ce qu'il faut qu'elle fasse, le repousser ou l'embrasser ?" me disais-je comme si quelque chose dépendait de ma décision.

— Qu'est-ce que je ferais avec toi ? Arracher les pommes de terre ?

Après un court silence, il répondit :

— Tu me prends pour un gamin, mais j'ai quatre enfants qui habitent chez nous, à la ville. L'aîné va bientôt avoir deux ans... Mais viens, tu...

Il attira Lilia, je bondis, effrayé, imaginant sur-le-champ l'arrivée inopinée de mon grand-père : c'était sûr qu'il tuerait quelqu'un, il avait toujours un fusil avec lui ; mais Lilia avait déjà repoussé Slavtchouk.

— Fous le camp, crétin ! dit-elle méchamment, et elle revint vers le feu. Donne-moi du lard, exigea-t-elle. Est-ce que grand-père a apporté de l'eau-de-vie ? demanda-t-elle un instant plus tard.

Nous mangions de la viande raide comme si c'était de la cuisse de vieil ours. C'était dix ans plus tard à Groznyï, nous étions en tenue de camouflage, après une *zatchistka**, en compagnie d'une joyeuse

* Littéralement, "opération de nettoyage". Ces opérations consistent officiellement à vérifier l'enregistrement des citoyens tchétchènes sur leur lieu de vie et lors de leurs déplacements, mais elles donnent lieu, en réalité, à bien des exactions.

équipe de SOBR* de Riazan. Nous arrosions ces longs morceaux indigestes d'une mauvaise *braga*** qui arrachait la gueule.

Comme toujours, au début, les gens qui s'étaient spontanément réunis autour d'une table discutaient entre eux, en s'efforçant d'attirer dans la conversation toute la compagnie. Le mot "table", dans le cas présent, était un bien grand mot : nous buvions, affalés par terre, froissant la toute jeune herbe printanière. A côté on chargeait des wagons de carburant, et il aurait suffi d'une étincelle pour projeter en l'air une citerne entière, ou même plusieurs, en cramant au passage beaucoup d'hommes en treillis. On pouvait nous tirer dessus absolument de partout : je regardais parfois avec angoisse soit à gauche, soit à droite, et je voyais des immeubles abandonnés aux fenêtres béantes. Trois jours plus tôt, c'est justement d'un de ces immeubles à trois étages qu'un jeune Tchétchène avait tiré une rafale sur notre groupe. Il n'avait touché personne, mais ça avait bien failli.

Après nous être égosillés, entre les cinq premiers verres, à vouloir crier et plaisanter plus fort que les autres, nous diminuâmes notre champ d'action, et chacun se mit à parler avec son voisin le plus proche, c'était quand même plus pratique : on demandait du feu ou une cigarette à celui qui était assis à côté de vous, et la discussion s'engageait immédiatement, facile, virile – une discussion d'hommes aux voix rauques.

* Unités de réaction rapide du ministère de l'Intérieur, composées d'officiers de la police régulière qui se sont portés volontaires pour aller en Tchétchénie.

** Très vieille boisson russe alcoolisée, à base de céréales fermentées, de sucre, pommes de terre, betteraves, fruits.

— Ce n'est pas bien terrible de tuer, me dit mon voisin – un type au visage envahi d'une barbe poivre et sel, et aux yeux sales ; son uniforme était gris, presque luisant de poussière.

Je m'abstins de lui poser des questions sur le sujet – je n'aime pas ce genre de discussion – c'est pourquoi je me contentai de hocher la tête d'une façon telle qu'on pouvait le comprendre comme on voulait : si ça te fait plaisir, continue, je t'écouterai, mais sans rien dire ; ou encore : d'accord, ce n'est pas si terrible, mais je ne vois pas pourquoi tu parles de ça ; et d'autres manières encore.

— On a eu les deux premiers morts dès qu'on est arrivés. Les gars étaient assis sur le blindage et ils ont roulé sur une mine. Le commandant a été tué et aussi un type qui s'appelait Tolian. Moi, je m'appelle Serioga, on me surnomme le Gris*. J'ai vengé notre commandant à la première *zatchistka*. Je ne leur demandais même pas leur nom, aux Tchétchènes.

Le Gris prit un morceau de viande et le mâcha longuement, en me jetant parfois un coup d'œil, et ce regard ivre voulait dire : j'avale ça et je te raconte. Bien qu'on lût clairement sur son visage qu'il ne savait pas lui-même ce qu'il allait dire : il avait juste envie qu'on l'écoute.

— La Glande, par exemple, reprit-il brusquement en regardant le type qui était en face, il lui est arrivé un drôle de truc. On se trouvait au checkpoint quand une balle est entrée dans son casque. C'est dingue, non ? Elle était en fin de course. Elle a volé jusqu'à la Glande, elle est entrée dans le casque et elle est tombée à ses pieds. La Glande ! C'est de toi que je parle !

* En Tchétchénie, l'usage des surnoms et sobriquets est très répandu parmi les officiers russes, pour mieux brouiller les pistes en cas de problème.

— Espèce de glande toi-même, connard ! lui répondit l'autre avec animosité, mais le Gris ne se vexa pas pour autant et même éclata de rire.

— Tu veux boire ? me proposa-t-il en remplissant déjà mon verre ; on s'était mis effectivement à boire, non pas tous ensemble, mais à deux ou à trois, avec les voisins les plus proches.

Nous bûmes : il m'en versa beaucoup, la moitié d'un grand verre, et pour lui encore plus. Je remarquai soudain que le Gris était à un stade d'ivresse avancé, celui où l'ébriété est profonde, bestiale : il avait manifestement commencé dès le matin, si ce n'est la nuit passée. Ici, les hommes mettent longtemps à sombrer dans l'ivresse, bien qu'ils boivent dans des proportions démesurées. Et puis, brusquement, ils ne sont même plus soûls, ils sont tout simplement dézingués, ils n'ont plus que des lambeaux de cervelle. Ça passe ensuite, bien sûr.

— Les premiers que j'ai tués, c'était avant l'armée. En Russie, me dit le Gris, et ses yeux devinrent rouges, fous. Je ne sais même pas combien il y en avait. J'ai commencé à les compter – les femmes que j'ai eues, et les cadavres. Pour l'instant, le nombre des femmes est supérieur. Mais j'ai une chance ici de rétablir l'équilibre.

Il mâcha encore sa viande puis, déglutissant avec peine, il ajouta :

— Et tu vois, je ne regrette pas ceux d'avant la guerre… C'étaient de sacrés gangsters. Moi aussi, j'en étais un. Seulement moi, j'ai survécu. C'était à l'époque de la redistribution, tu t'en souviens, hein ? Tu as quel âge ?

— Je m'en souviens.

— Tu t'en souviens, mon cul ! Tu te souviens de rien du tout. Qu'est-ce qu'on a pu en descendre, des mecs. Pas moins qu'aujourd'hui.

— Tu n'étais pas à…

Et je lui nommai mon village, avec ses champs de pommes de terre, son étang envahi d'herbes, ses bois de bouleaux, sa boue, ses fondrières et une large surface impeccablement bitumée juste à côté de l'usine qui fournissait des pièces détachées au géant automobile de toutes les Russies*.

— Là-bas ? Le Gris éclata de rire. Moi ?

Et il se mit de nouveau à rire.

Notre déjeuner sur l'herbe s'interrompit brusquement, et celui que le Gris appelait la Glande conduisit les SOBR à l'écart pour leur parler : on lui avait apparemment transmis quelque chose sur son émetteur.

Je mangeai tranquillement un oignon, que je fis suivre par de l'ail – de toute façon, il n'y avait pas de femmes ici, et tous les hommes sentaient la même chose.

Une demi-heure plus tard, le Gris réapparut dans les parages, comme dessoûlé, mais avec un visage gonflé et une tête qui semblait si lourde qu'il la portait avec haine au sommet de son corps.

Il se planta devant un tonneau d'eau de pluie et y plongea sa gueule un long moment, puis remplit plusieurs fois son béret d'eau et se le mit sur la tête. Enfin il se frotta furieusement le visage avec ses grosses paluches, comme s'il voulait s'arracher les joues et les yeux.

Je me détournai, le spectacle m'était désagréable.

Il revint vers moi.

— Je n'étais pas dans cette ville. Je n'y suis jamais allé, me dit-il. Tu as compris ?

J'acquiesçai en le regardant attentivement.

Il eut soudain un large sourire qui eut pour effet d'étirer sur tout son visage sa barbe raide et drue,

* Il s'agit du plus grand constructeur automobile de Russie, AvtoVaz, fondé en 1966 par le gouvernement soviétique de l'époque.

donnant l'impression qu'on venait, d'un pas lourd, de marcher sur un hérisson :

— Je n'y étais vraiment pas, mec.

"Bon, si tu le dis", pensai-je.

"Le hasard, c'est l'ironie des dieux, me vint-il à l'esprit. Mais Dieu plaisante toujours avec goût et avec une intention particulière. Là, en revanche, on ne perçoit aucune ironie, aucune intention particulière."

Slavtchouk avait été tué deux ans plus tard.

... Depuis la nuit au bord de l'étang je ne l'avais revu qu'une fois. Avant l'armée, j'étais passé voir mon grand-père, nous avions longuement discuté, puis j'étais allé fumer, accoudé comme d'habitude à la solide palissade : tout était solide chez mon grand-père.

Slavtchouk bêchait son potager, bien qu'à mon avis il ne fût plus dans le besoin depuis longtemps. Quoi qu'il en fût, il possédait la voiture la plus luxueuse de la ville. Des mafieux, à bord de deux véhicules, s'approchèrent de lui. Ils avaient des mines patibulaires et une corpulence de taureaux.

Slavtchouk les rejoignit avec sa bêche, leur serra la main à tous. Ils furent en conversation une dizaine de minutes, prononçant très peu de paroles, séparées par de longs intervalles. Slavtchouk, appuyé sur le manche de son outil, se balançait légèrement. Plusieurs types me jetaient des regards qui donnaient envie de décamper sur-le-champ. Mais je terminai ma cigarette et en allumai une deuxième sans bouger de ma place.

A cette époque-là, on en était encore à partager l'usine locale.

Un mois plus tard, on donna "rendez-vous" à Slavtchouk à côté de l'usine, sur un terrain vague, la nuit.

Il vint avec un ami et attendit dans sa voiture. Ils furent abattus au pistolet-mitrailleur : deux chargeurs furent vidés dans l'habitacle. Puis la voiture fut brûlée avec les cadavres. Slavtchouk avait une arme, mais il n'eut pas le temps de la sortir. On ne retrouva pas les meurtriers.

Je ne suis jamais allé sur sa tombe ; qu'ai-je à y faire, d'ailleurs ?

Ses sœurs ont divorcé et galèrent je ne sais où. Sa mère est toujours malade, elle marche péniblement, dans des robes de chambre aux multiples poches où elle met ses médicaments. Parfois, sur la route qui mène au pâturage, elle s'arrête, cherche longuement le comprimé dont elle a besoin, et finit par mettre dans sa bouche n'importe lequel. Ils ont encore une vache, mais elle est maigre et toute crottée ; quant au potager, il est envahi de mauvaises herbes.

Jorik Jila travaille dans une administration et il s'est fait construire, en cette période d'ordre nouveau, une maison à un étage.

Lilia s'est mariée quatre fois, elle n'a pas d'enfants. C'est une femme d'une très grande bonté ; elle est infirmière, et va à l'église. Jusqu'à présent, elle mange peu, mais de temps en temps, elle n'est pas contre la vodka : elle la boit simplement, en homme, sans grimaces.

Slavtchouk dort sous la terre avec sa dent en or, et à propos de ses enfants, je sais qu'il avait tout inventé. En fait, cet homme-là était complètement fou.

HISTOIRE DE PUTES

En règle générale, le sexe n'intéresse pas les femmes. Partir à la recherche d'une jolie paire de gants, aller dans un café douillet et paisible où l'on peut rêver à loisir, voilà ce qui leur fait vraiment plaisir.

Les hommes pensent que les femmes sont intéressées par le sexe. Mais les femmes, ce sont les hommes qui les intéressent. Tout le reste, elles le font par jeu ou par pitié.

Les femmes croient que ce sont les femmes qui intéressent les hommes. Or c'est le sexe qui les intéresse. Le reste est le fruit du hasard ou le résultat d'un accès de légère excitation qui, d'ailleurs, peut se prolonger toute une vie.

C'est là que s'achèvent les différences entre les sexes.

Je ne connaissais pas autrefois ces vérités amusantes et j'étais malheureux.

Mon frère, en revanche, n'a jamais été tourmenté par ce genre de questions, il a toujours su exactement ce qu'il voulait et n'a jamais essayé de confronter, si peu que ce soit, ses propres désirs à ceux des autres.

Ce soir-là, pour commencer, nous eûmes envie d'alcool, et nous le trouvâmes. Nous étions trois ; le troisième était notre copain Roubtchik.

Mon frère, à cette époque-là, n'avait pas encore définitivement ruiné sa santé et pouvait se permettre de boire. Roubtchik n'avait pas encore accepté l'idée qu'il ne pouvait plus boire, à aucune occasion, pas même à celle de ses propres funérailles.

Tout commença donc ainsi : à la cuisine, d'une façon très prosaïque, avec des petites tranches de lard et du pain noir.

Nous avions éclusé une bouteille de vodka, et la deuxième apparut bientôt sur la table. Lorsqu'elle fut vide, les gestes de Roubtchik devinrent amples et désordonnés ; d'un mouvement brusque, il fit tomber une tasse par terre, et fit suivre le même chemin à un pot de mayonnaise lorsqu'il voulut ramasser tous les morceaux. Nous l'engueulâmes, il se vexa et s'en alla, en s'emmêlant les pinceaux, dans la grande chambre. Là, il tomba sur le divan, le cendrier sur la poitrine, le filtre de sa cigarette, complètement mordillé, au coin de ses lèvres boudeuses.

Mon frère et moi passâmes sur le balcon, une cigarette entre les dents, le regard trouble, le rire idiot. Sur le balcon d'à côté, il y avait trois filles : on leur fit signe de mille et une manières. Au début, elles répondirent, surtout par des rires ; mais ensuite, elles changèrent brusquement d'avis et rentrèrent dans leur appartement, sans une réponse. Rien de rien.

Mon frère alla voir Roubtchik et par plaisanterie lui donna un coup de pied. Roubtchik réagit mollement, en proférant, il est vrai, des obscénités.

S'armant du téléphone, mon frère appela tour à tour Lioudka, Klavka, Nad'ka et Verka, mais ne trouva personne.

— Ça veut dire quoi, ça ? fit-il, troublé. Mes meufs se sont évaporées…

Nous restâmes un instant silencieux.

— On va commencer par se trouver encore de la vodka… maman a une petite cagnotte quelque part, et il grimpa sur une chaise afin de regarder dans les coins reculés de l'armoire.

Il reçut en pleine tronche une pile de journaux qui lui firent perdre l'équilibre et, dans un fracas, se retrouva par terre.

— Oh, regarde, dit-il en examinant une feuille de journal. Non, mais regarde. C'est celle-là qui va nous faire passer du bon temps.

Intrigué, je tendis le bras pour lui prendre le journal, mais comme il ne voulait rien entendre, je fus obligé de tirer un peu sur le bord, ce qui eut pour effet de déchirer la feuille en deux.

— Mais qu'est-ce que tu fais ? s'indigna mon frère en se relevant d'un bond ; il repoussa du pied les journaux dans un coin, me prit des mains l'autre moitié de la feuille et la mit face à celle qu'il tenait toujours.

— Tu l'as déchirée juste à l'endroit dont j'avais besoin… On a du mal maintenant à lire le numéro de téléphone…

— Tu penses sérieusement, demandai-je avec curiosité, que c'est la fille qu'on voit sur la photo, qui va venir ici ?

— Je m'en fous complètement, répliqua mon frère et il se dirigea vers le téléphone.

Il s'installa à table, écarta les croûtes de pain et les bouts de fromage, étala les deux feuilles, examina la déchirure, hésita. Enfin, il composa un numéro.

— Allô ! fit-il, et il expliqua ce qu'il voulait.

— Une call-girl ? Va te faire foutre, connard !

Mon frère reposa le combiné et conclut :

— C'est finalement un huit, ici, et pas un six.

Après un silence, il fit le bilan de son appel précédent :

— Je n'ai pas fait le bon numéro… Le mec n'était pas d'accord pour être une call-girl.

Je repartis fumer. Tout cela ne me plaisait pas beaucoup, parce qu'il aurait fallu que je sois déjà parti, mais comme je n'avais pas envie de bouger, du coup, j'étais encore plus furieux contre moi-même.

— Dis, je n'ai pas suffisamment d'argent, se rappela brusquement mon frère qui m'avait rejoint sur le balcon. Tu en as, toi ?

En fouillant dans mes poches, j'en trouvai un peu.

— On marchandera, dit-il, en fourrant dans sa poche les billets qu'il n'avait pas comptés.

Lorsque la sonnette de la porte grinça, mon cœur s'emballa, cela se répercuta même plusieurs fois dans ma nuque, et mes joues devinrent brûlantes.

Je ne quittais pas le balcon, et restais là, dissimulé, dansant bêtement d'un pied sur l'autre.

La porte d'entrée, que mon frère avait ouverte en grand, laissa passer les courants d'air pendant un bon moment, puis finit par être refermée avec bruit. Je m'attendais déjà à entendre une voix de femme, affectée, et une voix d'homme, pleine d'impudence, mais je n'entendis rien du tout, et au lieu de cela, c'est mon frère qui rappliqua :

— Y a un mac qui est arrivé, m'annonça-t-il. Il va faire monter la fille. Il voulait juste vérifier qu'il n'y avait pas d'autres types ici… ils ont peur d'une tournante… Il faut cacher Roubtchik. Et te cacher toi aussi.

Nous revînmes vers notre copain qui dormait comme un loir.

— Roub ! fit mon frère en le touchant. Mais cela n'eut aucun effet. Roubtchik était immobile comme une souche.

— On pourrait peut-être le mettre dans l'armoire ? proposai-je.

— Imagine qu'il tombe au moment crucial… rétorqua mon frère… Droit sur nous… ajouta-t-il en évaluant la distance qu'il y avait de l'armoire au lit.

Nous regardâmes autour de nous une fois encore : il n'y avait vraiment nulle part où cacher Roubtchik.

— Oh, j'ai une idée ! reprit mon frère. Dans la petite chambre, on peut ouvrir le divan : on met Roubtchik dans le coffre à linge, et on referme le divan.

— C'est une idée géniale, dis-je.

Nous le soulevâmes et le portâmes. Il était incroyablement lourd.

En gémissant, nous posâmes le corps inerte par terre, dans la petite chambre. Nous ouvrîmes le coffre, en sortîmes les draps et les couvertures, et mîmes Roubtchik à la place. Il n'était pas très grand, il était maigre et parfaitement adapté au coffre de bois : on aurait dit une momie.

— A tout à l'heure, mon gars ! dit mon frère en repoussant avec bruit son ami sous le divan.

Nous restâmes une minute dans le silence, à attendre bizarrement qu'il se réveille, mais tout était très calme.

Pour en être encore plus sûr, mon frère s'assit sur le divan et fit des petits bonds sur les coussins grinçants :

— Roubtchik, coucou ? Tu es sûr que tu ne m'entends pas ? Non ? Bon, repose-toi bien... Puis s'adressant à moi : Et toi, va vite sur le balcon. Fais semblant d'être... je ne sais pas moi... un cendrier.

On sonnait déjà à la porte.

Je me cachai sous la table du balcon qui était recouverte d'un vieux rideau défraîchi. Ce qui était en train de se passer me sembla au début stupide, puis drôle, et enfin ennuyeux : mon frère ne revenait toujours pas. Je fis une fente dans les plis du tissu et essayai de voir, d'un œil, ne serait-ce qu'un tout petit quelque chose derrière la porte-fenêtre vitrée du balcon, mais je ne vis rien. Alors que je tentai de me soulever pour élargir mon champ visuel, je me heurtai la tête contre le fond de la table : les nombreux pots et flacons de verre qui étaient dessus tintèrent chacun à leur façon. Au même instant, la porte du balcon s'ouvrit et un jeune type baraqué et à la mine patibulaire apparut. Derrière lui se profilait mon petit frère qui lui arrivait juste à l'épaule.

Le type avait le regard braqué sur mon œil fou qui ne cillait pas, entre les plis du rideau jaune poussiéreux.

— J'ai entendu du bruit, fit-il, sans remarquer – fait étonnant – ma prunelle noire.

— C'est dans ta tête, répondit mon frère d'un ton peu aimable. Je te propose de déguerpir d'ici, puisque je te dis qu'il n'y a personne. Va fumer dans ta voiture, distrais-toi comme tu veux, sans que personne ne te voie. Au lieu de traîner ici comme un gamin.

Le type regarda mon frère de haut en bas et ne répondit rien : c'est ce qu'il avait de mieux à faire.

La porte claqua de nouveau. Sur le balcon réapparut mon frère, avec un sourire forcé ; il s'accroupit et jeta un coup d'œil sous la table :

— Salut, esprit des forêts, chuchota-t-il en regardant mon œil. Quels sont tes plans ?

— Aucun. Je ne suis pas de la partie, répondis-je fermement, sans retirer le rideau de ma tête.

— Bon, continue à cligner de l'œil ici, et à réfléchir, me conseilla-t-il avant de quitter les lieux.

Après une minute dans cette position, tout énervé, j'enlevai de ma tête le tissu poussiéreux, sortis mes cigarettes de ma poche, cherchai à l'aveuglette un bocal sur la table, en trouvai un et le posai à côté de moi en guise de cendrier.

J'exhalai lentement la fumée, m'efforçant de ne pas prêter l'oreille, mais entendant quand même quelque chose d'indistinct, de confus, de régulier, qui se passait à l'intérieur.

Puis un rire féminin résonna : c'était un bon rire, profond et joyeux.

Empêtré dans mon rideau, je sortis de dessous la table et me tins devant la porte-fenêtre. Derrière les stores, on ne pouvait distinguer ni les dos, ni les talons. J'achevai ma cigarette en deux bouffées et la jetai dans le bocal : je crachai rageusement par-dessus et reçus en retour de la cendre dans les yeux.

Dans la chambre, personne ne riait plus, et d'ailleurs, on n'entendait plus rien.

Cela faisait longtemps que je ne m'étais senti aussi mal, au point même d'avoir envie de sauter du balcon, non par désir de me tuer mais simplement pour ne plus être là.

Je regardai les passants qui allaient et venaient. Je fumai à nouveau avec la même précipitation. Puis j'allai encore une fois me coller à la vitre et je me dis que l'expression de mon visage qui s'y reflétait devait être celle de quelqu'un qui va gémir ou hurler.

Mais ce n'est pas moi qui me mis à hurler.

Dans l'appartement retentit un cri éperdu, long, perçant, avec des tonalités différentes.

Ma première réaction fut de me précipiter dans la chambre pour apporter de l'aide, mais je devinai une seconde plus tard qui était en train de crier : c'était cet animal de Roubtchik !

Mon frère et sa visiteuse s'étaient manifestement séparés, on va dire ça comme ça. On le comprenait aux intonations de leurs voix égarées.

Je vis mon frère, en joli caleçon d'intérieur et maillot de corps XXL, et qui n'avait pas oublié de mettre ses savates, aller dans la chambre où Roubtchik s'étranglait à force de crier ; à sa suite sortit en courant la fille, toute nue. Elle s'arrêta à la porte, sur la pointe des pieds, essayant de comprendre de quoi il s'agissait, d'autant plus que Roubtchik s'était mis à sangloter et à appeler sa mère, en donnant de grands coups de genoux contre le fond du divan.

La fille était brune et bien faite, et il s'avéra qu'elle avait les nerfs solides : sans attendre que mon frère comprenne d'où venait ce cri, elle se sauva dans la salle de bains, sans même prendre ses petites fringues toutes légères. Je ne parvins pas à distinguer son visage.

J'ouvris la porte-fenêtre et me précipitai vers mon frère.

Après avoir pris soin de bien refermer derrière nous la porte de la petite chambre, nous ouvrîmes le divan et vîmes Roubtchik.

Sur son visage, d'un seul coup et en l'espace d'un très court instant, il y eut une succession d'émotions d'une indicible profondeur : la peur noire et infernale avait disparu, laissant la place à un léger espoir, suivi lui-même d'un étonnement, mais qui ne dissipèrent cependant pas totalement sa frayeur.

— Vous... Vous venez d'où ?

— Pourquoi tu gueules comme ça, Roub ? demanda mon frère en chuchotant. Qu'est-ce que t'as à gueuler comme ça ?

— J'ai rêvé que j'étais dans un cercueil ! dit notre camarade d'une voix très aiguë qu'il n'avait jamais eue auparavant ; surtout je n'entendais rien. Dans un cercueil ! Je ne suis pas dans un cercueil ?

Il s'assit dans le coffre à linge du divan et regarda autour de lui :

— Pourquoi je suis là ? demanda-t-il.

— Tiens, Roubtchik, vas-y, fume ! lui proposa mon frère en lui mettant une cigarette entre les dents et en approchant immédiatement de lui le pétale brûlant d'un briquet.

— Et je veux boire aussi ! fit Roubtchik d'une voix rauque et d'un ton capricieux.

Mon frère jeta un coup d'œil dans le couloir, regarda autour de lui : on entendait encore l'eau couler dans la salle de bains, il courut alors à la cuisine et revint avec un verre que nous n'avions pas terminé, et un cornichon.

— Voilà, bois. Mais arrête de gueuler.

Roubtchik sortit du coffre avec répulsion, but rapidement le reste de vodka et mangea le cornichon en faisant gicler la saumure. Nous repliâmes le divan, et Roubtchik s'affala sur les oreillers : ses jambes refusaient manifestement de le soutenir. Il regardait autour de lui avec satisfaction, étonné de son retour sur terre.

— Passe-moi encore une clope, me dit-il.

Je lui donnai une cigarette et lui apportai même un cendrier, qu'il installa derechef sur sa poitrine.

— Oh, les gars ! fit-il d'une voix sifflante. Ce que c'est horrible, putain, dans l'autre monde.

Mon frère se pencha vers lui et lui expliqua en deux mots ce qui se passait. Il en fut tout retourné :

— Et moi, alors ? Hein ?

— Attends un peu, répondit mon frère. Reste ici tranquillement. Je vais résoudre le problème, d'accord ?

— J'attends ! dit Roubtchik avec un sourire.

Ce sourire était tendre, un peu égaré : il était toujours soûl, et la nouvelle dose d'alcool l'avait à nouveau entraîné sur une pente molle et sans émotions.

L'eau ne coulait plus dans la salle de bains. On entendit à nouveau un bruit de pas, et une voix féminine, joyeuse – celle de quelqu'un qui s'est déjà habitué aux lieux – demanda :

— Qui est-ce qui criait, Valen'ka* ?

* Diminutif de tendresse du prénom Valentin.

“Voyez-vous ça ! me dis-je, conscient de ma réaction ambiguë, elle en est déjà à Valen'ka. Quand est-ce qu'il a eu le temps de… la séduire…”

Du reste, si étrange que cela paraisse, la façon dont notre invitée s'adressait à mon frère n'avait rien de vulgaire. Le son de sa voix me sembla pur et dénué de ces intonations grossières qui me donnent envie parfois, quand je les rencontre chez certaines jeunes filles que je connais, soit de les mettre tout de suite à la porte, soit de balancer un coup sur ces lèvres stupides.

Elle s'était adressée à mon frère comme à un être proche, comme si elle avait déjà senti qu'il ne lui ferait aucun mal. Ou bien, peut-être, conjurait-elle – par ses intonations tendres – une éventuelle offense.

Dans la chambre, mon frère dit quelque chose de drôle. Je remuai doucement mon thé avec une cuiller et je l'entendis rire, puis se calmer, puis rire à nouveau, ensuite elle se mit à haleter, haleter, haleter, sans parvenir à prendre autant d'air qu'il lui en aurait fallu pour s'apaiser. Elle haletait avec beaucoup de sincérité.

Je secouai la bouteille de vodka vide en essayant de faire couler dans mon gosier sec ne serait-ce que quelques gouttes, je me levai, allai deux fois d'un coin de la cuisine à l'autre, remis, sans savoir pourquoi, la bouilloire en route, et regardai ensuite longuement l'allumette se consumer jusqu'à ce qu'elle me brûle les doigts.

Bientôt la bouilloire se mit à trembler et à siffler, et ce sifflement était très aigu et désagréable.

— Il y a quelqu'un qui siffle là-bas, dit la voix féminine.

— C'est… nous avons un oiseau qui chante. Un canari, répondit mon frère avec indifférence.

Je tournai légèrement le réchaud, et le canari se mit à chanter plus bas, ce qui ne l'empêcha pas de projeter de sa gorge brûlante des gouttes d'eau bouillante.

Je compris d'après les intonations de sa voix que mon frère avait engagé les pourparlers au sujet de Roubtchik.

— … Je te le dis : c'est un type super, me parvint-il aux oreilles… il est beau… tu peux quand même faire ça pour un gars sympa…

— … Bon, on va aller voir, finit par accepter la fille.

Je fus frappé par sa voix pensive et, n'y tenant plus, je jetai un coup d'œil dans le couloir. Vêtue d'une minijupe et d'une sorte de brassière, elle suivait mon frère sur la pointe des pieds. Tel un fantôme ivre, j'avançais derrière eux à pas furtifs.

Le parquet ne grinçait pas, le lampadaire à côté du lit que venait d'abandonner le couple répandait une lumière douce et uniforme.

En jetant un coup d'œil dans la petite pièce, je les aperçus debout au pied du lit de Roubtchik.

A l'air de ce dernier, on pouvait deviner comment il avait passé la dernière demi-heure.

Il avait manifestement fumé une cigarette et s'était à nouveau endormi avec le cendrier sur la poitrine. Il s'était retourné, l'avait fait tomber sur le divan, puis il avait adopté une position dans laquelle il avait soigneusement appuyé le visage sur les mégots éparpillés.

On peut supposer que la cendre l'avait empêché de respirer, qu'il avait donc craché avec dégoût et qu'en plus la salive avait abondamment coulé de sa bouche pendant son sommeil.

Lorsqu'il était revenu à sa position initiale – la nuque sur l'oreiller, les bras et les jambes écartés – à sa joue étaient restés fortement collés des mégots écrasés, et tout son visage était barbouillé, de façon irrégulière, d'étranges motifs de cendre noire, comme si quelqu'un avait essayé de dessiner sur sa peau une croix gammée, par exemple.

C'est dans cet état que nous le trouvâmes.

— Tu sais, je crois finalement que ce sera non, répondit la fille à mon frère, sans détacher de Roubtchik un regard curieux.

Sa réponse était pleine de sérieux et ne contenait aucune trace d'offense.

— Il ne te plaît pas ? demanda mon frère tout aussi sérieux, en ôtant délicatement, avec deux doigts, l'un des mégots qui étaient collés sur le visage de son ami.

— Pas beaucoup, non…

La fille se tourna vers moi. Je vis un visage fin au front pur, insupportablement joli et un peu étonné :

— Et celui-là, c'est qui ?

— J'en sais fichtrement rien, répondit mon frère, c'est un mec.

En sortant de la chambre, j'eus à peine le temps de courir dans la salle de bains et là, je fondis en larmes presque silencieuses. Si ma mémoire est bonne, ce fut l'avant-dernière fois, dans ma vie, que cela m'arrivait.

— … Ma femme, répétais-je d'une façon absurde… ma petite fille… Ma femme à moi.

UN HÉROS DE ROCK'N'ROLL

C'était un été de grande ivresse.

Ma vie était ainsi faite : il y avait eu, une fois, tout un été de voyages ; et puis l'année d'avant, un été de la musique. Je me souviens toujours avec tendresse de l'été de la passion ; il y en a un autre que je n'oublie pas : celui de la séparation et de la conscience. Ils se distinguent facilement les uns des autres, les mois d'été des différentes années : il suffit de se rappeler leur saveur dominante et la mélodie principale que l'on fredonnait.

Mais il y a aussi l'automne, et l'hiver, et le printemps.

Il y a eu l'hiver des morts. Et l'hiver de la paresse et du vide. Qui fut suivi de l'hiver des pressentiments. (Le premier fut humide, je ne remarquai pas le deuxième, le troisième fut tiède, sans chapka.)

Il y eut l'automne de l'étude, l'automne de l'effervescence, l'automne de la déception.

Du reste, les thèmes peuvent se répéter à diverses saisons. C'est ce qui s'est passé avec l'été des morts, et l'automne de la paresse.

En revanche, je n'ai jamais aimé le printemps.

Le hasard voulut que, ces mois d'été-là, l'alcool coulât à flots.

Sa consommation était alors d'une facilité remarquable : il arrivait à point, on le buvait joyeusement et il quittait le corps insensiblement, pendant un sommeil profond, sans pratiquement laisser de courbatures ni de vertiges.

Il était agréable de se réveiller le matin en voyant tant de lumière. La fumée des innombrables cigarettes de la veille paraissait savoureuse : nous fumions à nouveau tous ensemble dans la pièce où j'étais tombé ivre mort, huit heures auparavant.

J'aime l'odeur d'un lendemain de cuite entre jeunes gens ; je trouve même cela esthétique, lorsque de ses draps se lève un homme frais comme un gardon et qu'il court sous la douche en se moquant de l'image qu'il a donnée de lui, la veille.

Les forces de mon cœur semblaient, cet été-là, infinies : il montait à n'importe quelle hauteur, ne s'enlisait pas dans un marais noir, ne se noyait pas dans la graisse. Il se sortait de toutes sortes de situations, avec juste, sous les roues, quelques éclaboussures, et il repartait de plus belle.

J'avais une règle : ne pas boire avant deux heures de l'après-midi. Parfois, à titre exceptionnel, je ne m'interdisais de boire que jusqu'à midi. En me réveillant le matin, c'était toujours avec légèreté que je fixais l'heure de mon voyage. Mais en tout cas, je m'en tenais strictement à la décision prise : soit à partir de deux heures, soit à partir de midi, mais pas une minute plus tôt.

Je me souviens des efforts que je faisais pour distraire mon attention, lorsque l'aiguille de ma montre indiquait midi moins vingt… moins dix-sept… moins le quart… putain ! Que c'était long.

C'est au café qu'il faut s'enivrer. Si vous n'avez pas d'argent pour prendre une cuite dans un café agréable et propre, abstenez-vous de boire d'une façon générale, sinon vous êtes un homme fini. Le café, c'est bien en ce sens qu'il vous permet de vous en aller ; quand on est ivre, c'est beaucoup plus difficile de sortir de son appartement ; si on arrive à le faire, on se met à aller dans tous les sens, comme un fêlé.

A midi moins trois, frais, les yeux clairs, j'entrais au café, je me commandais un verre de vodka et un demi-litre de bière blonde.

Je m'asseyais toujours sur un haut tabouret, face au barman ; c'est mieux si le barman est une femme, mais un homme, ça va encore. Il ne faut pas boire en face d'un mur aveugle, et dans le silence en plus : c'est une règle, et même deux, auxquelles il ne faut jamais déroger.

(Mais on peut boire de la vodka avec de la bière, il n'y a rien de mal à cela.)

Le barman se déplaçait rapidement en ne souriant à personne – en Russie, les barmen ne sourient pas, ils sont fatigués dès le matin.

Je le regardais avec ironie : il travaillait et moi pas. J'attendais que mon cerveau reçoive le coup de soleil vivifiant, et tout recommencerait, et serait encore mieux que la veille.

La sortie de l'ivresse est un miracle que l'on peut reproduire sans cesse et qui n'en finit pas de nous étonner ; les sensations ne s'émoussent pas. Ce doit être comparable – en aviation – à la sortie d'un piqué. Le grondement dans la tête enfle, la terre plate se rapproche de plus en plus, on est pris de vertige et soudain, ce sont des saccades, les yeux se ferment une seconde, la tête se renverse en arrière, la gorge se remplit de salive, et c'est à présent le ciel devant soi, les espaces, le bleu.

Je sortis du piqué et me dirigeai vers la gare, à la rencontre de mon héros de rock.

Nous ne nous connaissions pas avant, mais un portrait de lui aux cheveux bouclés avait orné ma chambre d'adolescent, il y a bien longtemps, une bonne moitié de ma vie en arrière.

A cet âge-là – et c'est toujours comme ça – il m'était impossible de m'imaginer à côté de lui et de ses pareils : qu'avaient à faire des stars de rock d'un jeune provincial mal dégrossi. Du reste, moi non plus je n'avais pas besoin d'eux. La musique me suffisait amplement en fait de communication.

L'homme que j'allais rencontrer aujourd'hui – celui à la tête bouclée – était peut-être l'une des trois stars de rock les plus volcaniques et géniales de ces années-là. A cette époque, son visage avait un reflet de bronze noir, et sa voix évoquait le grondement métallique d'un métro qui fondait sur vous ; elle avait en outre des accents tellement sombres, que ce train donnait l'impression de rouler dans une totale obscurité, et que, plus jamais, il n'y aurait de lumière. Je sentais avec frayeur, de tout mon corps, que là, tout de suite, cette gueule de fer emballée allait m'atteindre et me réduire en miettes. J'avais toutes les peines du monde à y échapper jusqu'à la fin de la chanson, mais la suivante commençait immédiatement, et c'étaient de nouveau la joie et la frayeur.

Le train ne parvint jamais à m'atteindre, il disparut dans ses tunnels retentissants et oubliés et se perdit pour de longues années. De temps en temps, alors que je parcourais la terre pour de tout autres raisons, j'entendais soudain ce grondement métallique souterrain et, pendant un court instant, parvenaient à mon cœur une bouffée de tendresse et un écho de mon adolescence : tu chantes encore, toi que j'ai autrefois adoré, mon idole noire, bouclée, mais tu as perdu, me semble-t-il, ces tonalités de bronze d'antan…

Sa gloire ne bouillonnait plus dans le gosier de ce pays qui, en se raclant la gorge, l'avait recraché.

Ses deux compagnons l'avaient quitté et choisi d'autres voies. Le premier avait rejoint le groupe

Icarius, ce qui le fit mourir honnête et extrêmement jeune ; le deuxième, après avoir longtemps erré le long de petites lignes blanches, fut conduit par une chaude étoile inconnue dans le jardin de Gethsémani ; il y passa la nuit et décida d'y vivre, croyant désormais à quelque chose d'infiniment plus grand que l'héroïne. En échange de la vie, il lui fut enlevé le don qu'il possédait, ce qu'il ne remarqua même pas.

Je ne leur en voulus pas de m'avoir abandonné : accompagné de leurs voix, j'avais vécu plusieurs années pleines de nervosité, mais aussi de douces espérances : avec qui un adolescent peut-il vivre, si ce n'est avec ses héros de rock. Pendant presque dix ans, sur les murs de ma chambre, ils m'avaient regardé, avec leurs belles bouches entrouvertes. Puis des centaines de leurs photos furent arrachées en même temps que les papiers peints par ma mère, pendant que son fils traînait Dieu sait où.

C'est absurde de regretter que la jeunesse ne confirme pas ses espérances. C'est justement le contraire qui doit se passer : la jeunesse doit dévorer elle-même ses propres rêves, parce que celui qui continuerait à y croire n'accomplirait jamais son destin.

J'ai les meilleures relations du monde avec cette période de ma vie, nous ne nous souvenons pas l'un de l'autre et ne cherchons jamais à le faire ; il se serait passé la même chose avec mes héros de rock si l'un d'eux n'était revenu vers moi, incarné enfin, au point d'avoir voyagé sur la couchette supérieure d'un compartiment, dans le train de nuit qui arrivait à la gare de la ville où j'habitais, toujours aussi heureux, et en plus, cet été-là, ivre.

Il se faisait appeler Mikhaïl.

C'était un homme de haute taille, souriant. En lui serrant la main, je le regardais attentivement et pensivement : l'idée que les fantômes puissent revenir à la vie n'était pas si évidente.

Mikhaïl était seul, il n'avait pas amené sa troupe : ce serait revenu trop cher.

Il était à peine midi passé, le soleil était à son zénith et la chaleur à son apogée.

— Où allons-nous ? demanda-t-il en posant son regard tantôt sur moi, tantôt sur le ciel, tantôt sur le contrôleur.

Sa mine était en accord avec la chaleur, comme s'il n'était pas un héros de rock au visage blême, mais quelqu'un du Sud – mélange de Cosaque et de Perse – méprisant de surcroît toute parenté, quelle qu'elle soit.

— Une voiture nous attend, répondis-je enfin en souriant.

Il s'avérait qu'on pouvait même parler avec des fantômes.

Dans la gare, il fut abordé par cinq jeunes qui arboraient sur leur tee-shirt son portrait aux cheveux bouclés. Leur présence m'attendrit ; mais quinze ans auparavant, il y en aurait eu cinq mille comme eux, et j'en aurais fait partie, bien sûr.

C'est un de mes amis qui organisait ce concert et nous avions décidé qu'il passerait chez moi les heures qui le séparaient de son récital, afin de lui éviter les frais d'hôtel. Je vivais seul à cette époque-là et je dormais seul : sinon, comment voulez-vous qu'il y eût un été d'ivresse ? Ceux qui sont encombrés d'une femme ne savent pas boire. Ils ne boivent pas, ils tourmentent leur femme. Ce sont des occupations très différentes.

Nous roulâmes à travers la ville dans une belle voiture noire qui bruissait sur l'asphalte, nous entrâmes dans une petite cour, les portières de l'auto claquèrent, et nous nous retrouvâmes dans mon entrée.

Mikhaïl se débarrassa de son sac, fouilla dedans et, lorsqu'il eut trouvé le paquet qu'il voulait, me demanda de le mettre au frigo.

— Ce sont des côtelettes, dit-il.

— On pourrait peut-être boire ? proposai-je.

— Non, pas avant un concert, répondit-il, et il se plaignit de problèmes de voix.

Il se conduisait avec simplicité ; il marchait dans l'appartement, touchant presque le plafond tant il était grand, il regardait autour de lui d'un air distrait, sans rien toucher. Dans mon appartement, il y a des tableaux aux murs et des dizaines de milliers de livres poussiéreux, mais l'étoile du rock passa poliment devant ces trésors chers à mon cœur, son regard ne s'accrocha à aucune de ces couvertures, à aucun de ces dessins.

Nous nous installâmes à table pour boire du thé ; bien sûr, je proposai une fois encore de la vodka, du cognac ou tout autre alcool, mais il refusa, et je bus tout seul. Je remis ça, après l'avoir allongée d'eau un peu tiède : il n'y avait ni eau froide ni eau chaude.

Mikhaïl suivait du coin de l'œil le mouvement de mes mains et de ma pomme d'Adam.

Nous parlâmes de la route, de la musique, du temps et un peu de politique ; nous décidâmes ensuite d'aller voir la ville, de manger un morceau dans un café, de nous aérer le cerveau – le sien, embrumé par son voyage sur la couchette supérieure de son compartiment ; le mien, par la brûlure d'un alcool à soixante-dix degrés.

Nous tournâmes sur l'asphalte brûlant ; les églises et les monuments laissèrent Mikhaïl indifférent ; il n'y avait pas de vent ; puis il se mit à tomber une petite pluie triste, inattendue, et nous courûmes dans un café.

Une sensation étrange ne me quittait pas, que j'étais incapable de formuler alors, et que j'ai toujours autant de mal à exprimer aujourd'hui : par quel hasard se trouvait-il ici, Mikhaïl, comment pouvais-je être assis à côté de lui, pourquoi mangeait-il de la salade avec des concombres, et buvait-il du café après ?

"Et que peut-il faire d'autre ?" me disais-je.

Je réglai l'addition, et nous nous rendîmes dans le grand cabaret que nous avions réservé pour le concert.

Dans le cabaret allaient et venaient les propriétaires, éméchés. Leurs visages jaunes et bouffis trahissaient irrémédiablement leurs penchants sexuels. Ils fumaient partout, et j'entrepris immédiatement de faire la même chose, allumant une cigarette à l'autre ; ils poussaient des cendriers vers nous, et riaient très fort de leurs plaisanteries déplacées. Ils étaient, je ne sais pour quelle raison, aimables avec moi.

L'étoile du rock était debout sur scène et, pour vérifier le son, il commençait de temps à autre à chanter ces chansons qui m'avaient aidé à me construire : il prononçait quelques phrases d'une voix rauque et demandait timidement aux types un peu ivres installés à la console, de régler le son.

Ils s'exécutaient, l'air agacé, et j'avais des envies de meurtre devant toute cette racaille de club. On aurait dit qu'ils se vengeaient de Mikhaïl parce que l'un de ses compagnons, un Coréen à la beauté solaire, s'était tué dans un accident de la route ; que le deuxième, pour parler franc, était devenu fou après avoir fréquenté les anges de son vivant, et il ne restait que celui-là, qui réglait le son afin de continuer à chanter.

Je montai au bar et bus une double vodka, en suçant un morceau de citron.

Dans le foyer déambulaient déjà quelques rares clients qui avaient décidé d'assister au concert.

Mikhaïl semblait troublé, et cela aussi m'étonna : je me rappelai ses anciennes photos prises alors qu'il était sur scène : son dos et sa nuque rasée de star du rock, et devant lui, à ses pieds, plusieurs milliers de spectateurs qui regardaient en haut sa bouche qui criait ; et chacun d'eux avait ses mains levées, doigts écartés. Il s'était si longtemps nourri de ces âmes possédées, il aurait pu se nourrir de leur passion et de leur désir : qui pouvait aujourd'hui l'inquiéter ? Ces quelques dizaines de gens apathiques ? La moitié d'entre eux étaient venus voir un homme dont ils avaient entendu le nom Dieu sait quand, et qu'ils avaient même eu le temps d'oublier.

Avant le concert, nous avions trouvé un moment pour nous asseoir à une table ; Mikhaïl était aimable avec moi. Ce qui n'avait rien de bien étonnant : après tout, il ne connaissait personne ici, à part moi qu'il côtoyait depuis vingt-quatre heures, et qui étais à proximité. Avant son entrée en scène, il lui fallait faire provision ne serait-ce que d'un tout petit peu de chaleur, d'autant plus que de la chaleur, il y en avait en moi de plus en plus. J'avais eu le temps de boire encore une bière brune au goût de foin, et maintenant, c'est avec plaisir que j'aurais serré en toute amitié dans mes bras la star du rock – n'importe quel âne est enclin à rattraper le plus vite possible la distance qui le sépare de l'objet de son désir, que ce soit une femme adorable, ou un homme qu'il admire profondément. A présent, nous parlions ensemble en toute simplicité ; d'un regard scrutateur et mobile, il observait la salle qui était loin d'être pleine, elle l'était à peine à moitié, distraite qui plus est, et il était peu probable que mon interlocuteur fût reconnu. Ils n'étaient que quelques-uns à lui lancer un regard perplexe : “On dirait que c'est lui…”

Ceux qui étaient allés au-devant de Mikhaïl, à la gare, entrèrent en courant comme s'ils avaient peur d'être en retard. Ils étaient en nage, leurs tee-shirts trempés de sueur – de jeunes gars au front lisse. Ils se précipitèrent immédiatement sur Mikhaïl pour lui serrer la main, ce qui, bien sûr, eut le don de m'énerver. Moi, d'accord, je pouvais le faire, mais eux, qui étaient-ils ? Ils devaient rester à distance sans respirer, en reniflant, en essayant de saisir chaque mouvement de leur idole et en étant morts de jalousie de me voir assis à côté, à échanger des plaisanteries.

Il faut tout de même dire que, après l'avoir salué, les garçons s'éloignèrent et firent tout ce que je voulais qu'ils fassent : ils se tinrent à distance et se mirent à nous regarder fixement, comme si nous étions deux flotteurs, et qu'un poisson extraordinaire s'apprêtait à mordre à l'hameçon.

Peu à peu, les gens arrivèrent, et dans la salle commença à régner cette atmosphère un peu électrique, bien qu'affaiblie, qui précède tout spectacle dramatique. Les gens bavardaient encore entre eux, mais ils étaient prêts à tout moment à se taire sans difficulté et même sans obséquiosité. Par contre, ce sentiment d'impatience aiguë que l'on ressent lorsque le vide sur scène devient absolument insupportable et que chacun désire qu'il soit comblé, ce sentiment-là était absent.

Au moment où Mikhaïl apparut, j'avais eu le temps de me faire servir deux chopes de bière, froides et lourdes comme des haltères. Plusieurs dizaines de personnes applaudissaient pour saluer le grand homme aux cheveux noirs, qui avait posé sur la tablette, à gauche du clavier, le texte de ses chansons sur des feuilles blanches.

Les doigts lourds de la star du rock qui, bien entendu, avait oublié depuis longtemps d'être une star et ne s'était presque jamais considéré comme tel, ses doigts lourds, disais-je, effleuraient les touches avec raideur. Sa voix s'éleva, encore froide et tendue, lançant les premières lignes mélodiques.

Tout en buvant ma bière, que je ne trouvais plus très bonne – c'est toujours comme ça quand on passe la mesure –, je regardais jalousement la salle : comment réagissaient-ils à mon hôte, tous ces gens assis autour à leurs petites tables ? L'ivresse prenait lentement possession de moi, et mon zèle jaloux devenait moins sincère, mais bien plus agressif.

Ne tenant plus en place, je fis plusieurs tours en regardant les gens en face, sans arriver à me faire une idée précise.

La voix de Mikhaïl prenait de l'ampleur, et les lignes qui traversaient l'air devenaient plus dures et compliquées.

Personne n'avait touché à ma bière, en revanche deux filles s'étaient assises à ma table ; tout donnait à croire qu'elles étaient sœurs, bien que l'une fût blonde, et l'autre brune. Je les regardai un instant, comparant les pommettes, la forme des yeux, de plus en plus sûr de mon intuition.

— Vous êtes sœurs ? demandai-je en profitant du court instant où Mikhaïl s'était interrompu.

Elles acquiescèrent d'un signe de tête, comme si elles se reflétaient l'une dans l'autre, la blonde dans la brune, et vice versa.

Je leur répondis également d'un signe de tête. Elles regardaient autour d'elles et, manifestement, elles étaient loin de ce que disait l'homme à haute taille qui était sur la scène. Leur conduite, bizarrement, n'était pas choquante : il est normal que les filles soient parfois distraites, bébêtes, inattentives.

Mais Mikhaïl se remit à chanter et, en buvant ma seconde chope de bière qui avait un étrange goût acide, comme si on mâchait la manche d'un blouson en jean, alors donc que je terminais de mâcher cette manche, je remarquai les deux sœurs, subjuguées par quelque chose qui n'était pas encore très clair pour elles-mêmes, se tourner vers la scène et m'oublier complètement.

En même temps, sur l'espace libre au centre de la salle, commencèrent à arriver un à un des gens qui semblaient égarés. Ils étaient debout, la tête levée, le regard étonné, et leurs épaules semblaient contenir des frissons prêts à les secouer.

Cet animal de deux mètres récupérait progressivement son pouvoir – ça se passait aujourd'hui, maintenant, sous mes yeux – et ce pouvoir semblait de plus en plus absolu et incontestable. Les sœurs se levèrent lentement et allèrent elles aussi vers la scène ; leurs jeans me ravirent, ils étaient merveilleusement tendus. Plantées face à Mikhaïl, elles faisaient bouger leurs hanches d'un mouvement léger, à peine sensible, comme si elles dessinaient deux cercles souples qui voguaient – l'un blanc, l'autre noir.

Soudainement hébété à cause de tout ce que j'avais bu, complètement indifférent à présent aux cercles noirs et blancs, les lèvres tordues, je me mis – comme toujours lorsque j'étais ivre – à parler tout seul, disant dans mon demi-délire : "C'est à nouveau une étoile du rock, vous voyez bien, bande d'aveugles… c'est à nouveau une star… De quantité négligeable, il se transforme en étalon noir, que rien ne peut blanchir… ni l'absence de gloire, ni l'oubli, ni le mépris, rien…"

Mikhaïl ressemblait en effet à un énorme chien intelligent, au pelage frisé, un chien de sauvetage, et le voilà qui remuait de ses pattes les sols noirs de terre compacte, et que, de ses dents fortes, il ramenait les faibles, les uns après les autres, dans le cercle de lumière.

Dans ce cercle, à côté de la scène, se pressait déjà une foule, et la tension générale, se transmettant d'épaules en épaules, se rompit enfin, explosa, ouvrit les bouches, dilata les cages thoraciques, et lorsque la star lança son dernier cri, tous se mirent à crier en réponse, exigeants, pleins d'amour.

Mikhaïl sourit pour la première fois, sans doute parce qu'il venait de comprendre, une nouvelle fois, qu'il avait encore de la force, que sa voix était toujours là, et qu'il possédait à nouveau ce à quoi, depuis longtemps, il avait droit.

Les gamins, à côté de la scène, en écoutant la voix impérieuse, tendaient leurs muscles et brûlaient de casser la tête à quelqu'un.

Les sœurs continuaient à faire des cercles, et leurs mouvements étaient plus violents et plus compliqués – à présent, dans chaque cercle, elles dessinaient avec élégance une croix, ou une sorte de hiéroglyphe qui demandait à être déchiffré.

Même les propriétaires vicieux du cabaret se mirent à tirailler leurs joues, comme s'il devait en sortir un démon, chassé par un chien noir.

— J'en ai jusque-là ! criait l'homme sur scène, reprenant son ancien titre phare.

Il semblait deux fois plus grand, et sa gorge insatiable les attirait tous comme dans un trou noir.

Ceux qui s'étaient rassemblés devant lui tournaient de plus en plus vite – désordonnés, perdus, tournoyant à une vitesse folle, se heurtant, prenant des coups. Et soudain, ce fut comme s'ils arrivaient dans un autre monde où les yeux sont grands ouverts et où l'on a envie de crier pour que les poumons absorbent, puis expulsent toute la fureur du corps et toute la joie de la chair.

La star de rock qui, en cent minutes, avait récupéré son titre, se tenait sur la scène, couverte de l'abondante sueur du laboureur, du chercheur, du travailleur de force.

En s'égosillant, les spectateurs déchaînés à ses pieds exigeaient qu'il ne s'en aille pas, et qu'il ne nous laisse pas, maintenant que nous l'avions à nouveau reconnu. Les deux sœurs avaient cessé de dessiner leurs cercles, et s'étaient figées, comme pétrifiées.

— Je suis fatigué, les gars, dit Mikhaïl et, enjambant les fils, soufflant sur les cheveux qui lui retombaient sur le front, il se dirigea vers sa loge. C'est vrai, je suis fatigué, répéta-t-il d'une voix enrouée, puis faisant un signe de la main, il sortit de scène.

On entendit alors des trépignements, des sifflets et des hurlements.

Ils crièrent longtemps et avec insistance, mais c'est lui, à présent, qui était dans son droit, et ce ne sont pas ces sifflements ni ce vacarme qu'il aurait dû entendre.

Plusieurs personnes s'élancèrent brusquement vers moi :

— Demande-lui, toi !

J'étais sur la scène, du côté gauche, attentif à ce que personne ne se précipite pour aller le voir.

J'acquiesçai, convaincu, je ne sais pourquoi, que tout se passerait bien.

Je jetai un coup d'œil dans la loge. Mikhaïl buvait de l'eau et n'avait visiblement aucune intention d'aller nulle part.

— Chantes-en encore une, dis-je simplement.

Il me regarda attentivement sans mot dire, se leva et retourna sur scène.

"… s'il y avait eu ici dix mille hommes, leurs hurlements auraient déchiré le cœur des anges qui se seraient risqués à voler à proximité", pensai-je en regardant tous ces gens, la bouche ouverte, lorsque la musique s'arrêta.

Nous attendîmes que le public excité et étonné de ses propres réactions se disperse, pour sortir de la loge et monter dans la voiture en direction d'un magasin qui offrait une grande diversité d'alcools.

Pas très loin du cabaret, se tenaient encore les deux sœurs qui piétinaient d'une jambe sur l'autre – qu'elles avaient belles – comme si elles exécutaient, à quatre talons, la très lente mélodie de l'attente.

— Qu'elles sont… commença Mikhaïl d'une voix enrouée, en s'installant sur le siège avant, sans arriver à trouver de qualificatifs adéquats.

Je réfléchis une seconde et décidai en mon for intérieur qu'elles ne nous conviendraient pas.

"Adieu, brebis à fine toison", pensais-je avec tendresse, et, après avoir légèrement klaxonné, la voiture s'éloigna de ces deux filles visiblement chagrinées.

Je n'aime pas organiser d'orgies chez moi. On peut boire autant qu'on veut, même en compagnie de gens grossiers et graveleux. Mais si, sous mon toit, des personnes que je ne connais pas – qui peuvent être très bien par ailleurs – s'accouplent dans tous les coins, cela blesse profondément mon sens esthétique.

Après le premier feu, elles me sortirent de l'esprit et Mikhaïl cessa d'y penser lui aussi. Et elles, je suppose, avaient dû trouver comment se distraire, et à qui permettre de regarder le hiéroglyphe dans le cercle noir et le cercle blanc.

Tout ragaillardis, nous descendîmes de voiture, entrâmes dans le magasin, arpentâmes un moment les rayons, les effleurant d'une main sensuelle. Lorsque, enfin, je m'arrêtai pour examiner les produits, Mikhaïl se mit à chercher de l'argent en proposant de participer aux dépenses. Je dus lui dire qu'il était mon invité, et… Bref, je payai tout : j'étais heureux, naturellement, de pouvoir lui faire plaisir. En outre, c'est moi qui avais l'intention d'écluser la majeure partie de l'alcool.

Nous déboulâmes dans l'appartement en parlant encore du concert et, une fois de plus, je lui dis du fond du cœur combien j'avais trouvé ça beau. Il souriait avec une expression attentive.

Il y avait avec nous plusieurs de mes amis de sexe masculin. Je fis rapidement cuire des crevettes, mis des olives dans une coupelle, coupai du fromage en fines tranches, débouchai toutes sortes de vodkas et de vins, décapsulai une dizaine de bouteilles de bière, et une demi-heure plus tard, nous étions déjà bruyants et joyeux. Joyeux et bruyants. Et ensuite, seulement bruyants, très bruyants.

Il se coucha tout habillé et se leva tout de suite après moi : nous avions dormi cinq heures à tout casser.

Mikhaïl apparut au seuil de la petite chambre qui, en d'autres temps, avait été occupée par mon petit garçon ; la veille, il s'était, je ne sais pourquoi, allongé dans son petit lit, en pliant et ramassant ses jambes sous lui, d'une façon étonnante, alors qu'à côté il y avait un lit normal ; c'est dans cette position qu'il avait passé la nuit.

Dès le matin, je me sentis joyeux comme à mon habitude, il n'en était pas du tout de même pour lui. Il me rejoignit, une bouteille de bière à la main, les jambes à moitié pliées : il avait manifestement désappris pendant la nuit à les détendre.

— Comment ça va ? lui demandai-je.

— Ouille, ouille, ouille ! fut sa réponse. Alors quoi, tu n'as rien prévu contre la gueule de bois ? reprit-il une minute plus tard en me fixant du regard.

— Bien sûr que si. Il y a tout ce qu'il faut.

Vite fait bien fait, je préparai une omelette, la mis sur la table et appelai mon invité, qui était parti se rincer le visage, pour qu'il vienne déjeuner. J'avais disposé entre nous deux petits verres à pied fragiles et comme effrayés.

— Non, non, protesta Mikhaïl, du thé.

Si tel était son désir, en avant pour le thé. Je bus de l'alcool tout seul. En l'honneur de cet événement exceptionnel, j'avais décidé d'oublier momentanément mes règles. Ce n'était pas tous les jours qu'une star du rock dormait sous mon toit. On commencerait plus tôt, voilà tout, et au diable cette journée : on la passerait à boire, sans faire d'histoires.

Mikhaïl s'installa avec précaution, posa à côté de lui la bouteille de bière qu'il avait emportée dans la salle de bains et rapportée à la cuisine, à peine entamée. En soufflant sur son thé, il fixait cette bouteille d'un regard haineux, et finit par la mettre sur le rebord de la fenêtre pour ne plus la voir.

— Ça ne te dérange pas si je bois encore ? demandai-je avec un entrain sincère.

Il se contenta de faire non de la tête.

Un peu plus réveillés, nous fûmes ravis de voir revenir nos amis de la nuit dernière. Ils étaient passés nous prendre pour nous emmener au grand air.

On chargea tout ce que l'on put dans leur voiture et nous nous rendîmes au bord de la rivière, sur les berges roussies par la chaleur, pour faire un barbecue.

En nous voyant nous remplir le gosier si souvent et si généreusement, Mikhaïl n'y tint plus et se joignit à nos libations.

La journée, qui avait commencé dans la lenteur et la raideur, sembla brusquement prendre son envol sous nos yeux, et perdit d'un coup ses formes et ses contours ; en volant ainsi, nous parvînmes plusieurs fois à tomber dans des trous étranges où nous riions aux éclats de longs moments, où nous nous poussions les uns les autres avec une joyeuse rudesse, et, pendant ce temps, le temps n'avançait pas du tout.

A un certain moment, vers midi, nous avions sombré dans une tendre ivresse originelle, comme si nous n'avions jamais connu d'autre état, et c'était quelque chose de fondamentalement organique, de tellement organique que, de joie, le cœur faisait des culbutes, et le cerveau brûlait lentement.

On pouvait négligemment froisser le jour, on pouvait aussi le déployer comme une nappe et disposer amoureusement, dans un ordre élégant, les coupes et les verres, et servir les viandes parfumées.

Je ne me souviens plus pour les autres, mais moi j'étais tombé durement dans cet état rare et étonnant, lorsque chaque nouveau verre vous dégrise, et que l'on boit alors sans s'arrêter, attendant, goguenard, d'être enfin abattu par l'ivresse comme un bout de bois.

… Micha, mon cher Micha, que m'as-tu appris ? Rien de bien, je le crains…

Nous dévalâmes la berge fauve en direction de la rivière, pour asperger d'eau froide nos visages brûlants.

Et c'est alors que je ne pus m'empêcher de lui demander :

— Micha, pourquoi ? Quelle est la raison ? Comment en es-tu arrivé là ? Pourquoi toi qui as mérité ta gloire, qui l'as tenue entre tes mains comme un corps joyeux, pourquoi es-tu en train de picoler aujourd'hui avec moi, en ce jour d'été, sur cette rive idiote, et ne te trouves-tu pas ailleurs, je ne sais pas, moi, sous des cieux transparents, avec ton ami coréen éternellement jeune ? Ou bien, blasé et arrogant, dans de spacieuses chambres d'hôtel, à la veille d'un concert, non dans une salle de danse miteuse, mais devant une foule tumultueuse qui hurle à ta vue, et emplit d'une présence aux milliers d'yeux un espace vaste comme un cratère lunaire ?

Mikhaïl fit semblant de ne pas comprendre ce que je voulais dire. Il eut un rire grave et ne répondit pas. Nous marchâmes le long de la rive, je tenais à la main une bouteille de vodka qui allongeait craintivement le cou, elle était à moitié pleine, enfin presque à moitié pleine.

— Tu veux boire ? dis-je, employant ces mots – parmi les plus importants – qui définissent les destins de la civilisation russe.

— Non, répondit-il.

— Moi, oui, répliquai-je et, avec une forfanterie imbécile, je me versai d'un coup dans le gosier deux bons décilitres.

Je soufflai et posai par terre la bouteille vide. Elle tinta avec reconnaissance : du reste, après ce qui venait de se passer entre elle et moi, on ne pouvait que la briser contre le sol.

— Je me demande combien de temps encore tu vas vivre, me dit Mikhaïl d'un ton pensif et calme, en me toisant.

Je ne répondis pas et continuai ma marche, tout était clair en moi, à sa place, et stable.

— Nous sommes les enfants qu'on a envoyés à la mort et dont on n'attend plus le retour, dis-je une minute plus tard en rappelant à la star du rock une phrase de l'une de ses chansons.

— Tu aimes ? me demanda-t-il, en faisant allusion aux paroles qu'il avait écrites.

— Non, bien sûr, fis-je, et nous éclatâmes de rire tous les deux.

“Quand je mourrai, hein, pensai-je en faisant la grimace. Quand je mourrai ? Mais ça n'arrivera jamais…”

L'hiver suivant, je me rendis dans sa ville – une ville éloignée, humide, grande, où il errait dans les rues glacées, composant ses merveilleuses chansons pleines de rage, que presque personne, comme d'habitude, n'écoutait.

En chemin, j'avais longuement regardé le plafond du train, vu que j'étais allongé sur la couchette du haut. Mais comme ce plafond n'avait rien à me dire, mon regard glissait ailleurs.

Le mécanisme de la gloire m'intéresse depuis longtemps, et c'est à cela que je pensais justement. Tout ce que je désirais personnellement, je l'obtenais toujours avec facilité, gratis on peut dire. Ce n'était pas que j'eusse peur de perdre maintenant ce que la chance m'avait offert, mais je réfléchissais sérieusement à la façon dont il fallait se conduire pour que, comme cette star du rock, on vous plume complètement et on vous laisse presque seul face à vos désirs.

Je commençai à me dire que ce n'était pas tant le talent qui faisait le succès et emplissait d'une excitation fébrile tous vos admirateurs, mais la continuité de vos décisions et de vos réactions. Mais lesquelles, au juste ?

Fatigué de penser, j'allai au restaurant et bus conséquemment, de telle sorte que, lorsque je voulus revenir, je ne retrouvai plus mon wagon et dus réfléchir intensément pour me rappeler à quel endroit je n'avais pas tourné où il fallait.

Le lendemain matin, j'étais assis avec la star du rock à une petite table carrée, les rues étaient pleines de cette agitation qui précède le Nouvel An, et même dans notre café, les gens étaient gagnés par la nervosité, comme s'ils avaient peur que les horloges ne se mettent brusquement à sonner les douze coups de minuit et que tous ceux qui se trouvaient là n'aient pas le temps de déboucher la bouteille de champagne.

"A quel endroit n'as-tu pas tourné où il fallait ? me disais-je en regardant avec tendresse le visage de mon interlocuteur. Dans quel cul-de-sac t'es-tu fourvoyé ? A moins que ce ne soit moi qui sois dans un cul-de-sac, et toi pas du tout ?"

Il avait quitté notre ville et tous ceux qui l'avaient aimé l'avaient à nouveau oublié dès le lendemain, j'en étais persuadé. Et dans la ville où il était revenu, personne ne l'attendait spécialement.

La star du rock, qui était assis calmement en face de moi, sans boire aujourd'hui une goutte d'alcool, et que personne ne reconnaissait dans ce lieu, me racontait en buvant une tasse de café qu'il avait détesté son père qui le battait et le forçait à chanter un truc sur un corbeau noir. Du reste, son père était bientôt tombé du balcon en voulant rattraper son petit écureuil.

"Que vient faire son père là-dedans ? pensais-je. Je ne comprends pas pourquoi il parle de son père."

Je me soûlais, commandant chaque demi-heure une carafe glacée de liquide transparent, et j'essayais de m'accrocher à ce que je pouvais, de le comprendre ne serait-ce qu'un peu.

Il détestait les téléphones portables, et personne, à part sa mère, ne connaissait son numéro. Mais sa mère ne l'appelait pas. Il vivait seul, et à la question que je lui posai sur les enfants, il répondit : "Dieu m'a fait grâce..." Bien qu'il ne crût pas en Dieu, en aucun dieu d'ailleurs.

Peut-être avait-il voulu, trop passionnément, être seul – et il était finalement resté seul. Mais peut-être que non, après tout.

N'étant sûr de rien, je m'enivrais de nouveau joyeusement, parce que les autres états ne m'étaient plus suffisants, depuis longtemps, pour pouvoir goûter au simple repos des hommes, mais cet homme assis en face de moi semblait capable, lui, de supporter indéfiniment le monde, avec des yeux clairs d'homme sobre.

Tandis que moi, c'est avec des yeux noyés dans l'ivresse que j'aimais le monde.

Dans un coin du café s'alluma un écran bleu sur lequel on vit bientôt s'animer des ombres. Elles hurlaient des mots qui prenaient racine comme des graines de mauvaises herbes.

— Micha, dis-je de nouveau malgré moi… Tu ne voudrais pas redevenir… comme eux ?

Il tourna à peine la tête en direction de l'écran, et me regarda immédiatement d'un air moqueur.

— Comme eux, je sais déjà faire. C'est facile.

Je me tus, ruminant ce qu'il venait de dire, et je ne le crus pas.

Nous sortîmes, tous deux tête nue, fîmes quelques pas dans la rue qui s'assombrissait, faillîmes nous perdre dans la foule des passants. Nous traversâmes, aspirant profondément l'air dans nos poumons, un peu étourdis par son abondance après être restés plusieurs heures dans ce café sombre et enfumé.

Il tombait une neige légère, en lignes pures, presque horizontales.

Sur des marches, à côté d'un magasin, était accroupi un gamin, un tout petit garçon encore. Les gens le contournaient avec agacement, le heurtant sans cesse.

— Hé, petit, dis-je, en m'accroupissant à côté de lui. Qu'est-ce que tu fais ici ?

Il leva vers moi des yeux sérieux, sans complaisance, pleins d'innocence.

— Je ramasse la neige.

Il tenait, en effet, un sac en papier, qu'il remplissait de quelque chose.

— Quelle… neige ? Pourquoi ?

— Comment ça, pourquoi ? s'étonna l'enfant. C'est pour la fête.

— Mais elle va fondre, fis-je décontenancé.

— Elle va pas fondre, me répondit-on fermement.

La star du rock se tenait au-dessus de nous, grand et sévère.

— C'est de la neige artificielle, m'expliqua-t-il au bout d'un moment. On en vend en ce moment.

— Tu l'as fait tomber, c'est ça ? demandai-je rapidement en me tournant vers l'enfant.

Il hocha la tête sans un mot, continuant à ramasser des petites poignées de neige dans sa paume où fondait vite la vraie neige et où restaient les petits cristaux pointus en plastique.

— On continue ? me demanda Mikhaïl.

— Non… je vais rester ici… je vais aider le petit… répondis-je en puisant dans la neige.

Ce n'est qu'à ce moment que je compris que l'hiver était arrivé, et que j'avais encore à capter sa mélodie principale qui serait présente, envers et contre tout, jusqu'à ce qu'elle se tarisse.

VIANDE DE CHIEN

Nous n'avions pas du tout d'argent, et pourtant il fallait quand même épater les jolies dames.

Notre ami Roubtchik déclara :

— On n'a qu'à faire un barbecue.

— T'es con ou quoi, Roubilo ? réagit au quart de tour mon frère Valia. Quel barbecue ? Avec quoi ? Avec du bois de bouleau ?

Mon frère fumait, entourant d'un bras le tronc d'un bouleau.

— Avec du chien, répondit Roubtchik.

Il avait fait des études de vétérinaire, qu'il avait ensuite laissées tomber.

— Quel chien ?

— Ben, celui qui nous a aboyé dessus.

— Je ne boufferai pas de chien, dis-je.

Mon frère ne dit rien pendant un moment puis déclara :

— Ça roule. Je vais aller inviter des filles.

Le pays était pauvre, et nous tellement jeunes que nous n'entendions pas le vacarme du ciel au-dessus de nos têtes.

Mon frère décida que notre petite fête aurait lieu le lendemain. Les brochettes étaient un prétexte tout à fait valable. Les filles, apparemment, avaient faim.

Le hasard nous avait conduits dans cette petite ville modeste. L'unique curiosité digne d'intérêt était le foyer de filles de l'établissement scolaire – très – secondaire, et vaguement technique.

Nous passâmes une nuit pleine d'attente. Le propriétaire, qui était parti vaquer à ses occupations, nous avait autorisés à fumer dans la maison, et pendant plusieurs heures, nous avions fumé en regardant le plafond. La fumée planait lourdement au-dessus de nous, se courbant dans les coins de la pièce.

Le chien était dans une cuvette et macérait dans une robuste marinade.

C'est Roubtchik qui l'avait préparée, et qui en avait profité pour donner libre cours à sa fantaisie dans l'utilisation du poivre, du sel, de la farine, de la saumure, du vinaigre et de toutes sortes d'herbes, et même de bourgeons – c'était le printemps, le premier jour vraiment tiède, tellement tendre, qu'on avait envie de gratter son encolure duveteuse.

Au petit matin, je me levais plusieurs fois, m'asseyais près de la cuvette, la reniflais avec horreur.

— Ne mange pas de viande crue, me dit mon frère d'un ton ensommeillé.

J'avalais une salive acide due à une nausée de dégoût.

Lorsque je me réveillai le matin, je ne trouvai plus la cuvette.

Roubtchik avait déjà allumé le feu dans la cour, et il se chauffait les mains aux flammes qui dansaient au vent. La cuvette était posée sur les marches du perron.

— Je l'ai sortie au frais, m'expliqua Roubtchik.

— Et si les filles en crèvent ? dis-je en touchant du bout de ma chaussure le chien mariné. Roubtchik me toisa d'un air méprisant. Tellement méprisant que je suivis son regard. Je ne remarquai rien de particulier en moi qui aurait pu déclencher un aussi profond mépris.

— Personne n'est encore mort d'avoir mangé de la viande, me dit-il.

— Tu parles d'une viande ! fis-je, dubitatif.

— Et c'est quoi le chien, à ton avis ? Un champignon ? répliqua Roubtchik, avec un argument imparable.

Les filles arrivèrent à l'heure du déjeuner, ravies, très attentives. Alors que nous faisions connaissance, elles cherchaient des yeux les grillades et ce qu'il y avait d'autre à manger.

Mon frère ne chercha pas à prolonger leur attente : il apporta triomphalement la cuvette, la découvrit et en regarda amoureusement le contenu.

— C'était mon petit cochon préféré, raconta-t-il en posant la cuvette par terre, avec un gémissement affecté. Nous avons bu à la même tétine.

— Il est si vieux que ça, ce porcelet ? demanda l'une des filles. Ou bien c'est que tu bois encore à la tétine ?

— Bon, d'accord, d'accord, concéda mon frère en clignant joyeusement des yeux. On mangeait à la même gamelle.

— Et qu'est-ce que vous mangiez ? reprit la fille avec entêtement.

— Une soupe infâme, voilà quoi, intervint Roubtchik avec hostilité, en enfilant les morceaux savoureux sur des piques qu'il avait fabriquées lui-même avec des baguettes de bois affûtées.

— En tout cas, ça sent bon, fit une deuxième en approchant son visage de la brochette prête à l'emploi, que Roubtchik lui tendit sans crainte, intimement persuadé de la qualité de son travail.

Je fus saisi de dégoût.

La fille mit sa brochette au-dessus du feu. Mon frère, dès le matin, avait apporté en prévision des supports de canne, que les pêcheurs du coin fichent dans la terre pour s'en servir quand ils en ont besoin. Les filles, au nombre de trois, installées autour de Roubtchik, lui prenaient les brochettes des mains et les disposaient sur les supports, avec les exclamations d'usage :

— Ouille, c'est brûlant ! Zut... Je me suis brûlée.

— Oh, l'énorme morceau... Il va brûler. Roubtchik, viens, on va le couper en deux.

— Ça, ce sera ma petite brochette à moi. Le morceau de l'orphelin. Il doit peser plusieurs kilos...

— C'est justement ce que je vous disais, fit mon frère pour soutenir la conversation. Notre mère a nourri ce porcelet au lait et au miel, et en grandissant il était rose comme une mandarine. Il comprenait tout, il répondait à son nom...

— Et il s'appelait comment ?

— Toby, fis-je sans pouvoir m'en empêcher.

Avec une grimace, mon frère me fit les gros yeux.

— En été, continua-t-il, j'allais me promener avec lui en forêt. Et en hiver, il me tirait en traîneau.

— C'est quand même un cochon bizarre, fit, sceptique, l'une des filles.

— Mais il blague ! s'exclama une deuxième.

A nouveau, je ne pus me retenir :

— Mais tout le monde blague, ici !

Après avoir enfilé sur les brochettes toute la viande, Roubtchik alla dans la maison et en revint avec une énorme bouteille d'eau-de-vie artisanale. Ce qui n'eut pas l'air du tout de troubler les filles : avec un barbecue aussi abondant, elles étaient prêtes à boire n'importe quoi.

Je m'approchai de la cuvette vide et, avec un léger frémissement, y jetai un coup d'œil, m'attendant vraiment à voir au fond un bout de queue plein de poils, d'une vague couleur orangée.

Nous sortîmes de la maison des bancs et des tabourets et nous nous installâmes autour du feu ; Roubtchik avait fait asseoir une des filles sur ses genoux, il en entourait une autre de son bras, et reluquait la troisième – qui avait échu à mon frère – avec un intérêt non dissimulé.

Je me versai de l'alcool et bus seul, pendant que les autres faisaient tinter leurs assiettes métalliques et prenaient du pain et des oignons, pour accompagner leurs grillades quasiment prêtes qui jutaient d'une façon insupportable.

Je perçus nettement l'odeur de la niche.

Un chien s'approcha de la palissade, renifla et se mit brusquement à nous aboyer dessus.

"Vous êtes devenus complètement fous, putain ! Espèces de cannibales !" – C'est à peu près ainsi que je traduisis ses aboiements.

— Ouste ! crièrent les filles piaillantes et toutes tremblantes.

— Ouste ! répéta mon frère en imitant leurs voix fluettes et en lançant une lourde pierre de l'autre côté de la palissade.

Le chien, terrorisé, s'assit, puis partit à toute allure raconter à ses congénères quel scandale était en train de se passer : une horde de sauvages étaient arrivés, qui ne respectaient rien.

— Bon, fit Roubtchik, les brochettes sont prêtes !

Il se débarrassa des filles et les abandonna une minute pour s'accroupir près du feu, sans pour autant cesser de regarder du côté de ses nouvelles copines, comme s'il avait peur qu'elles ne soient emportées par un courant d'air, ou que mon frère ne les lui rafle toutes.

Mais les filles restaient tranquillement assises et regardaient le feu avec convoitise. La viande grésillait, sombre et tellement dure d'aspect, que son origine ne faisait aucun doute.

— Je ne mangerai pas de ça, répétais-je entre mes dents, assis en face de Roubtchik.

— Goûte seulement, répondit ce dernier d'un air menaçant.

— Même goûter, je ne veux pas, répondis-je.

Roubtchik leva en l'air sa brochette, la sentit et déclara :

— Sacrée bête.

Pas très loin de la maison, s'éleva un triste hurlement de chien.

— S'il ne la ferme pas, on va avoir des grillades tous les jours, dit tout bas Roubtchik avant de distribuer les morceaux dans les assiettes.

Il m'en servit aussi, le salaud.

Le hurlement ne cessait pas.

— Qu'est-ce qu'il a ? s'étonnèrent les gonzesses. Il est peut-être enragé ?

— Et peut-être que dans ce village tous les chiens le sont, dis-je en regardant Roubtchik avec une joie mauvaise, mais c'était déjà trop tard. Sans attendre les garçons, nos invitées, tenant les brochettes de leurs mains fermes et sûres, mordaient à belles dents dans les viandes brûlantes.

— Hé ! Hé ! Hé ! s'indigna mon frère. On ne trinque pas ? A notre nouvelle amitié ?

On trinqua. On but cul sec. On renifla de l'oignon. On avait fait connaissance pour de bon.

Le chien ne hurlait plus.

“Il a dû mourir d'un arrêt cardiaque, pensai-je sombrement. A moins que, en jurant tout bas et en versant de pauvres larmes de chien, il ne soit en train de se mettre la corde au cou.”

Je fus ivre plus vite que les autres, parce que je ne mangeais que de l'oignon, et bientôt je ne sentais plus que ça.

— Eh, vous, les écorcheurs ! m'écriais-je de temps en temps, en levant mon verre rempli d'alcool trouble. Vous avez tué Lialia !

Deux autres chiens accoururent et nous observèrent par les fentes de la palissade.

— Pardonnez-nous ! hurlais-je dans leur direction. Pardonnez-nous, mes braves chiens ! Si vous voulez, mangez ma main ? Vous voulez ?

Je me mis devant eux, leur tendis ma main comme si elle était morte.

— Mangez ! Œil pour œil. Dent pour dent. Patte pour patte.

— Je te signale juste que tu n'as pas de queue, dit mon frère en me ramenant à table.

A la différence de Roubtchik, lui mangeait peu. Mais il s'était toujours nourri avec beaucoup de modération, sans se goinfrer.

Quand, vers le soir, rentra le maître des lieux, il ne restait plus de viande et le feu achevait de se consumer. Roubtchik pelotait ses nanas, moi je regardais tristement les braises, mon frère partageait sa cigarette avec sa pépée, une fille caressante et drôle.

— Bon, ben le moment est venu de décider où nous allons passer la nuit ! déclara mon frère.

Les filles gardaient le silence, échangeant parfois des regards et se léchant les lèvres. Elles me dégoûtaient. L'une d'elles me regardait avec intérêt.

— Pourquoi tu n'as rien mangé ? me demanda-t-elle après avoir choisi le bon moment pour échapper à Roubtchik.

Ce dernier me faisait des mimiques menaçantes, mais dans la pénombre printanière vacillante, je ne distinguais plus rien.

Comme je n'avais pas la force de prononcer un seul mot, je fis une grimace et me mordis les lèvres.

— Tu te sens mal ? demanda-t-elle en butant elle-même sur les mots, tout en caressant ma tête de sa main très chaude.

— Alors les filles, où est-ce qu'on va dormir ? demanda une nouvelle fois mon frère tout fort. Je doute que notre hôte laisse toute notre bande coucher chez lui.

— Et si on allait chez nous ? proposa celle qui était à côté de moi.

Sa main toute chaude était toujours sur ma tête, et je brûlais d'envie de la mordre.

— Ça ne va pas, non ? répliqua la deuxième en se dégageant un instant des bras de Roubtchik qui la maintenait par la nuque et l'embrassait déjà sur la bouche. A quoi tu penses ? Tu sais bien qu'il y a une gardienne ! On ne les laissera pas entrer !

— Quelle gardienne ! se mit à rire mon frère. Il n'y a aucune gardienne qui puisse nous résister.

On prit ce qui restait de l'eau-de-vie, on souhaita une bonne nuit à celui qui nous avait hébergés et on se dirigea vers l'entrée. Plusieurs chiens du coin nous suivirent en procession. Ils trottinaient tranquillement à une certaine distance.

Les filles continuaient à se disputer :

— On ne les laissera pas passer ! On ne les laissera pas, je te dis !

Celle qui avait laissé tomber Roubtchik m'avait pris le bras et marchait à côté en s'efforçant de s'adapter à mon rythme.

Roubtchik était soûl – c'était venu très vite – bien que, se souvenant de ses problèmes face à l'alcool, il se fût efforcé toute la journée de boire moins. Sa copine le soutenait, et il devenait à chaque instant plus lent et plus lourd. Il relevait parfois la tête et poussait des cris.

— Elles ont des fenêtres, vos chambres ?

— Au rez-de-chaussée, il y a des grilles. Mais, nous, nous sommes au deuxième.

— On n'a qu'à leur balancer des vêtements de femme, proposa soudain celle qui marchait à côté de moi, d'une voix si forte et joyeuse que les chiens, derrière, tressaillirent et faillirent rebrousser chemin. Et comme ça, ils passeront comme des étudiantes ! Vous ne croyez pas ?

L'idée parut sensée.

Les filles montrèrent la fenêtre de la chambre où elles vivaient à trois, nous attendîmes au-dessous, après avoir appuyé Roubtchik contre le mur.

Bientôt, la fenêtre s'éclaira, s'ouvrit, et, accompagnés d'un tendre rire de jeunes filles, tombèrent d'en haut un blouson, puis une jupe, ensuite un foulard.

— Roubtchik, putain de ta mère, réveille-toi à la fin ! jurait mon frère.

Dans un petit creux, il y avait un dernier résidu de neige sale, granuleuse : je la ramassai et en frottai le front de mon camarade. Il gémissait et crachait parfois un long jet de salive.

"C'est sûr qu'on est en pleine folie, me disais-je. Et ça ne fait que commencer..."

Pendant ce temps, mon frère s'était changé : il avait enfilé la jupe, le blouson – non sans difficulté – et avait enroulé le foulard autour de sa tête. Ses chaussures, il est vrai, n'allaient pas très bien avec ses nouvelles fringues, mais dans l'obscurité, on les remarquait à peine.

— Approchons-nous de l'entrée, proposa mon frère. On va mener la concierge en bateau. On fait comme si tu m'accompagnais : tu essaies de m'embrasser, alors moi je te donne une gifle et j'entre en courant dans la salle, en larmes.

Je fis une grimace de dégoût : tout ce qui était en train de se passer me donnait déjà une irrépressible envie de vomir.

Sur les marches, je consentis tout de même à enlacer mon frère, il me flanqua en retour un coup bien sonné à la mâchoire qui me fit perdre le souffle quelques secondes.

— Grossier personnage ! s'écria mon frère d'une voix haut perchée, ce qui eut pour effet de me faire revenir de mon absence passagère.

J'eus même le temps d'apercevoir ses jambes nues, incroyablement torses, irrémédiablement velues, ses pieds chaussés de solides godasses, ainsi que la courte jupe bariolée qui couronnait toute cette beauté, au moment où, ouvrant largement la porte, il entra à l'intérieur. Il en ressortit précipitamment une minute plus tard, suivi de la concierge armée de sa serpillière.

— Sale ordure ! criait-elle. Avec tes yeux vicieux ! T'aurais au moins pu raser ta gueule de voyou ! Et ça s'embrasse avec ça, devant l'entrée ! Pédés !

Il ne nous resta plus qu'à partir.

— Putain, jurait mon frère, comment elles font pour marcher avec des jupes ? J'ai les couilles qui remontent à cause du froid.

— C'est toi qui en as, des couilles. Pas elles.

Roubtchik était toujours contre le mur.

— Qu'est-ce qui se passe ? demandèrent au-dessus de nous des voix féminines.

— Elle a dit qu'il n'y avait pas chez vous d'étudiantes barbues, répondit mon frère en regardant autour de lui.

— Ecoute, me dit-il. Je crois avoir vu une échelle pas loin d'ici. Viens, on y va.

On trouva effectivement l'échelle, on la porta sous les fenêtres ardemment désirées. Mais elle n'atteignait que le premier étage, ou à peine un peu plus.

Mon frère monta le premier, tandis que je tenais l'échelle qui était prête à se disloquer. Arrivé au dernier barreau, il s'arrêta et leva les bras.

Nos aimables amies lui lancèrent deux chiffons torsadés en guise de cordes, mon frère s'y accrocha et, tiré par le haut, grattant le mur de ses pieds, il finit par passer de l'autre côté de la fenêtre.

Après avoir mis en sûreté la bouteille d'eau-de-vie à l'intérieur de mon blouson, je conduisis Roubtchik sous l'échelle. A trois reprises, je lui répétai de quelle façon il s'introduirait dans le foyer tout tiède, auprès de son ardente amie, qui s'était gavée de chien.

— Tu as compris ? demandai-je encore une fois.

— J'ai compris, répéta-t-il comme un écho.

Puis il ouvrit les yeux tout grands, et il me sembla un instant qu'il était dessoûlé.

Je grimpai à mon tour, mon frère sortit le torse pour m'aider, nous nous accrochâmes l'un à l'autre comme si nous ne voulions pas être séparés pour toujours, et voilà qu'enfin me souriaient ces visages féminins roses, ivres, que les filles avaient trouvé le temps de maquiller de couleurs vives.

— Roubtchik ! appela mon frère par la fenêtre. Roubilo !

— J'arrive, répondit ce dernier d'une voix sifflante, au bout d'un moment, comme si le bruit venait d'une hauteur incommensurable et mettait un certain temps avant d'atteindre l'oreille humaine.

Il leva un pied, se souleva tout entier et resta longtemps sur le premier barreau, s'habituant ainsi à être à distance du sol.

Un peu fatigués de l'attendre, nous décidâmes de boire.

Nous répartîmes l'alcool dans des tasses pas très propres, et partageâmes, après l'avoir bu, un chocolat en cinq.

Les filles échangèrent des clins d'œil et allèrent soi-disant aux toilettes.

"Pour nous répartir", pensai-je.

Nous regardâmes à nouveau par la fenêtre : Roubtchik était à présent sur le troisième barreau.

Au moment où je regardais en bas, j'eus une nausée plus forte encore et faillis vomir sur la tête de mon camarade.

— Ecoute, dis-je à mon frère d'un ton sûr et inflexible, en m'écartant d'un mouvement brusque de la fenêtre. Je ne peux rien faire avec des femmes qui ont mangé du chien.

Il me regarda fixement, la tête penchée, comme font les chiens, justement.

— En Corée, me fit-il, tu serais allé dans un monastère.

— Je ne peux pas, c'est tout, répétai-je.

— Peut-être que tu es aussi capable de tourner le dos à ton frère pour les mêmes raisons ?

Je ne trouvai rien à lui dire, absolument rien...

Je me versai à nouveau de l'alcool, une pleine tasse que je bus d'un seul trait, je titubai et m'écroulai sur le lit.

Roubtchik, pendant ce temps, était venu à bout d'un certain nombre de barreaux, il avait atteint le premier étage et, considérant de toute évidence son ascension achevée, donna avec ses jambes une impulsion qui le fit tomber de l'échelle dans la dernière plaque de neige. Il était sur le dos, net et frais, comme un suicidé.

Les étudiantes revinrent, joyeuses, elles éteignirent la lumière mais déjà tout m'était égal.

J'étais emporté à vive allure dans une obscurité douce, au goût de pain d'épice, accueillante, où personne ne tourmentait les âmes blessées et ne charcutait les corps vivants.

Quelqu'un s'assit un moment sur mon lit, me toucha légèrement les joues.

Je me sentis inexplicablement le maître, non de mes joues, mais de ces doigts, et ces doigts fins furent dégoûtés du froid repoussant d'un visage d'homme blême et ivre.

La main disparut, et je restai seul.

— Qu'ils aillent se faire foutre ! s'écria joyeusement mon frère.

Toute la nuit, je rêvai que j'étais sur un bateau, et que les mâts n'arrêtaient pas de grincer.

Nous nous réveillâmes, mon frère et moi, tôt le matin et en même temps. Il se dégagea des jambes de quelqu'un et eut du mal à trouver, à côté du lit, ses sous-vêtements perdus au milieu d'autres de toutes formes et de toutes les couleurs. Un slip dans la main gauche, un autre dans la main droite, il se mit à les comparer.

— Voilà, je crois que c'est le mien, décida-t-il, après en avoir repéré un rouge à fleurs.

Nous nous penchâmes par la fenêtre. Roubtchik était toujours dans la neige. Plusieurs chiens étaient à côté de lui, assis ou couchés.

Nous descendîmes avec une agilité inhabituelle, les chiens abandonnèrent à regret le corps de Roubtchik et s'arrêtèrent un peu plus loin en reniflant l'air.

Je m'attendais à voir un visage rongé, mais Roubtchik était intact, en pleine forme, tout rose.

Mon frère s'accroupit à côté de lui.

— Roubtchik ! l'appela-t-il.

Son ami ouvrit les yeux – des yeux limpides comme ceux d'un enfant, même le ciel s'y reflétait en une petite tache claire, tout au bord.

— Tu es vivant ?

— Comme tu vois, répondit Roubtchik d'une voix nette.

— On y va ?

— D'accord, fit Roubtchik.

Il se releva et secoua la neige collée à ses vêtements.

— Bonjour, les garçons ! dit une voix au-dessus de nous, qui ajouta – un ton légèrement au-dessous, et dans une tonalité nouvelle, différente : Valen'ka, salut !

— Oh ! Les petits anges ! soupira Roubtchik, en levant ses yeux clairs.

La fille aux yeux marron, celle qui m'avait caressé la tête, nous lança trois bonbons acidulés.

— C'est pour vous ! dit-elle gaiement, en les jetant l'un après l'autre.

C'est mon frère qui les attrapa tous les trois.

Roubtchik et moi étions debout, la tête levée, les bras ballants.

— Je n'y étais pas ? me demanda-t-il avec un faible espoir, en indiquant la fenêtre d'un signe de tête.

— Non, à aucun moment.

Ma réponse était tombée comme un couperet, comme s'il s'était agi du septième ciel.

Lentement, sur des jambes engourdies par la cuite de la veille, nous nous dirigeâmes vers l'arrêt d'autobus : il était temps de rentrer chez nous.

— Comment ça a pu se passer comme ça ? s'attrista Roubtchik, mais sans amertume. Pourquoi je n'ai pas pu monter à l'échelle ?...

— Tu n'aurais pas mangé de chien, répliquai-je d'un ton plein de reproche, tout aurait été normal.

— Tu es con, ma parole ! répondit-il avec indifférence. Tu parles d'une viande de chien... C'était du porc, tout ce qu'il y a de plus banal. Je l'ai acheté à une cuisinière, et ça m'a coûté un paquet.

Nous rentrions chez nous, nos fronts effleurant parfois les vitres immanquablement sales, au printemps, des navettes périphériques, nous regardions nos reflets dans les vastes espaces russes. Personne n'était triste, au contraire. Chacun souriait à ses propres pensées : l'un à la tendresse qu'il avait trouvée, au goût et au parfum généreux ; l'autre, à la sensation de la dernière neige de l'année, tiède contre sa tempe ; et le troisième, on ne sait pas à quoi.

... On ne sait pas, on ne sait pas, on ne sait pas à quoi.

DES CHAUSSURES PLEINES DE VODKA CHAUDE

J'avais deux amis, un blond et un brun. Le premier était plus âgé que moi de sept ans, le deuxième était de sept ans plus jeune.

Le premier me téléphonait la nuit et me disait toujours la même chose :

— Quand tu auras l'intention de te suicider, appelle-moi, vieux frère. Je suis passé par là, je t'aiderai. Tu crois que tu seras toujours heureux ? Tu es jeune et tendre encore. Dans sept ans, tu te tireras une balle dans la bouche. Avant de bouger une dernière fois ton doigt glacé et moite en l'appuyant sur la détente, rappelle-toi ce que je te disais, et téléphone.

— Sans faute, mon Denis chéri, dès que je mettrai l'arme dans ma bouche, je composerai tout de suite ton numéro de mon doigt glacé.

— Et moite.

J'attends donc ma dernière heure, je regarde le téléphone, je touche mes doigts, cherchant à en percevoir la sueur glacée.

L'autre, le plus jeune, ne disait rien, levait au ciel ses yeux moqueurs qui comprenaient tout. Il penchait sa tête brune, je regardais avec attendrissement le sommet de son crâne.

— … Mais qu'est-ce que tu en penses, toi ? demandait-il sincèrement, alors qu'il pensait mieux que moi, qu'il avait une vision que je n'imaginais même pas : il voyait des couleurs rares et des demi-tons étonnants.

— D'une manière générale, je ne pense pas, Sacha, disais-je, et nous trinquions, tchin-tchin, avec nos grandes chopes de bière et nos petits verres de vodka que nous disposions sur la table comme des pièces d'échecs dont personne ne pouvait s'emparer, à cause d'un sentiment de tranquillité joyeuse et inépuisable.

Nous écrivions des livres tristes et étions, tous les trois, les écrivains les plus talentueux de Russie. Mais le premier – le plus âgé, celui qui était blond – et le troisième – le plus jeune, qui était brun – ne s'aimaient pas. Moi, en revanche, je les aimais tous les deux.

Le plus âgé était violent et impétueux, il pouvait sangloter et se battre, vaincre des torrents de montagne, se déchirer la poitrine de ses ongles. Il était incapable de se refuser quoi que ce fût, il voulait à la fois et le bonheur, et la gloire, et la tranquillité, mais il ne supportait rien de tout cela.

Le plus jeune avait de l'allure, une voix sonore, un port orgueilleux, et une démarche telle, qu'on avait l'impression qu'il tenait dans ses mains un drapeau invisible. Le sort était très généreux avec lui, mais il voulait encore plus.

La matinée avait commencé avec le blond : après notre séparation, nous nous étions rencontrés dans la capitale. Chacun de nous sortait son troisième livre, et nous déambulions au milieu des éventaires, du bric-à-brac des brocanteurs, des stands, des amplificateurs et des micros du Salon, allant d'une buvette à l'autre.

— On s'en prend chacun cinquante grammes* ? proposais-je.

* L'usage est de commander la vodka en grammes.

— Cent grammes, insistait-il.
— Cinquante et une bière.
— Je ne bois pas de bière.
Il ne buvait pas de bière.
— Cent grammes chacun et, pour moi, une bière en plus, disais-je au garçon.
A la deuxième tournée, nous étions aussi ramollis que des sandwichs tartinés de beurre tiède. On coulait, on salivait comme des chiens qui ont chapardé quelque chose.
Du reste, Denis était intimement persuadé que le moindre croûton, le moindre quignon lui étaient dévolus de plein droit.
Moi, en revanche, à chaque minute de ma drôle de vie, je m'esclaffais intérieurement et me demandais : "Qui je suis ? Qu'est-ce que je fais ici ? Pourquoi m'avez-vous appelé ? Vous êtes sûr que vous ne vous êtes pas trompés ?"
Ce que je pouvais recevoir de bon et de joyeux me paraissait toujours démesuré.
Denis, lui, semblait perpétuellement mécontent de sa ration. Peut-être cela aurait-il valu la peine de modeler à partir de nous deux un seul individu raisonnable. Bien que, d'un autre côté, je me satisfasse amplement de mon moi, tandis qu'il trouvait le sien trop encombrant.
Nous mangions des sandwichs à l'esturgeon. Denis, mécontent, faisait la grimace : le poisson n'était pas frais, ce n'était pas de l'esturgeon, ce n'était pas du poisson.
— Tu t'aimes bien, au fond ? me demanda-t-il en rétrécissant ses yeux déjà étroits d'homme du Nord, qui, sous l'effet de la boisson, devenaient troubles et lourds vers le soir : on se sentait mal à l'aise en les regardant.
— Eh ben oui ! répondis-je joyeusement. Je me plais bien. Toi, non ?

— Ces derniers temps, de moins en moins, fit-il, mais dans sa voix perçait, je ne sais pourquoi, un soupçon d'agressivité non envers lui-même mais envers moi.

Puis cette impression disparut, et nous partîmes pour une nouvelle tournée. Je boitais un peu, j'avais aux pieds de belles chaussures neuves qui me faisaient mal.

Le brun voulait la révolution d'en haut, je voulais la révolution d'en bas, et le blond détestait les révolutions, toutes les révolutions.

— Tu ne comprends pas, disait-il. C'était la phrase qui revenait le plus souvent quand il s'adressait à moi. Tu as déjà tout, qu'est-ce que tu en as à foutre, de la révolution ?

— Je ne vois pas ce que ça vient faire ici, le "j'ai déjà tout" ?

— Tu ne comprends pas.

Je riais et, pour la énième fois, j'essayais de lui expliquer.

— Tu parles trop vite, m'interrompait-il toujours avec la même phrase. Vite et beaucoup.

— Et comment il faut que je parle ?

— Il faut dire des choses sensées.

— Il faut dire vite des choses sensées. Beaucoup de choses sensées.

Le blond eut un rire mauvais et quelque chose de méchant apparut dans ses yeux.

— C'est drôle, crut-il bon d'expliquer.

C'était son mot favori. Plus exactement, c'étaient deux mots en un.

Parfois, le "c'est drôle" était prononcé avec tendresse, avec une aspiration virile, lorsque ce qui était "drôle" était beau, fiable, séduisant.

Une autre fois, il était apposé comme une marque d'infamie : c'était lorsqu'on abordait un sujet qu'il considérait comme fondamentalement erroné et détestable. Il le prononçait alors rapidement et d'une voix sourde.

Comme dans mon cas par exemple.

— Si on parlait d'autre chose, dis-je, recherchant l'apaisement.

— Eh bien, faisons, faisons ! répondit-il d'une voix idiote – c'était son autre mot favori. Aujourd'hui, me raconta-t-il, j'ai vu dans un magasin un incroyable nécessaire pour homme, à offrir : une mousse à raser, du gel pour la douche et un préservatif. Ça veut dire quoi ? Qu'il s'est rasé, qu'il a pris sa douche, qu'il a enfilé son préservatif et qu'il est allé se promener ? C'est astucieux.

Il aimait les femmes passionnément, douloureusement, infatigablement. Les femmes ne le lui rendaient pas beaucoup, et je crois bien qu'il n'avait pas dû tromper la sienne une seule fois.

Comme moi je n'aime pas parler des femmes, nous partîmes en silence pour notre quatrième tournée.

La rue nous dégrisa, nos visages reprirent leurs couleurs normales.

— Quel joli mois de juillet, nuageux et lent, il s'enfuit sous... nos yeux, dis-je pour rompre le silence. J'en ai marre des anciens noms de mois. Il faut rebaptiser juillet en *Mois des Cygnes Blancs*. Et novembre en *Mois des Grues Noires*.

— Alors, on pourrait dire : "Ne vous suicidez pas aux Cygnes Blancs", acheva ma pensée le blond, en essuyant sur sa joue une larme d'homme ivre.

Il lui arrivait de pleurer, il savait faire ça.

La journée se prolongea avec le brun.

Il était divorcé. Il n'aimait pas les femmes. Les femmes, en revanche, l'aimaient inconditionnellement et avec ferveur. Ce qu'il aimait, lui, c'était la politique ; il aimait être en plein milieu et s'agiter furieusement.

Il fit une carrière fulgurante, et dans les réunions de ces vampires qui, je ne sais pourquoi, se font appeler politiciens, on apercevait souvent son visage d'une beauté irréprochable, son allure de lycéen, ses gestes raides d'un Pinocchio qui aurait atteint l'âge viril, toujours en colère, mais toujours séduisant.

Il était monté si haut, que j'avais peur de ne plus pouvoir lui serrer la main. Notre rencontre, ce soir-là, m'avait rassuré : j'y arrivais sans peine. L'explication était simple : je ne l'enviais pas le moins du monde, et lui gardait la tête sur les épaules, continuant à regarder autour de lui et en lui avec ironie.

— Notre rencontre n'est pas le fait du hasard ! me dit-il, les yeux grands ouverts.

Ses mimiques évoquaient le chef d'orchestre jouant une marche.

Il avait, en ce qui concernait les mots, l'oreille absolue, il était capable d'utiliser un vocabulaire exalté, il pouvait se le permettre.

— Je vois un sens à cette rencontre ! me dit le brun, les yeux mi-clos et en se penchant vers moi à travers la table. J'ai reçu aujourd'hui une remarquable proposition. Là-bas...

Il fit un signe de tête à peine perceptible.

Nous étions dans un café, à côté du Kremlin.

Je jetai un coup d'œil du côté qu'il m'avait indiqué.

— Qu'est-ce que tu en penses ? C'était son habitude de me demander mon avis, à la différence du blond qui racontait avec un grand intérêt ce qu'il pensait, lui.

— Je pense que c'est génial, lui dis-je très sincèrement. Il faut que tu acceptes.

— J'ai accepté, fit-il triomphalement et d'un ton ferme.

Il ne but pas ce soir-là, mais nous nous levâmes quand même et changeâmes de café : nous nous éloignâmes du Kremlin afin que personne, dans les grandes tours de pierre, ne nous écoute.

Dehors, nous trouvâmes la pluie, et je l'étalai sur mon visage ; le brun la laissa couler sur ses cheveux. Ses cheveux dégoulinaient sur ses joues.

Le blond et moi passions la nuit chez une amie dont le mari était en déplacement. Après avoir un peu blagué à ce sujet, nous bûmes dans la soirée une bouteille de vodka, puis une deuxième.

Nous parlions beaucoup en buvant, lui en s'énervant, moi avec indulgence.

"C'est drôle ! répétait-il souvent en m'écoutant. C'est drôle !" martelait-il.

— Qu'est-ce que tu fais, tu lui racontes des anecdotes ? ne put s'empêcher de me demander – en jetant un coup d'œil de la pièce voisine – l'épouse de notre camarade.

— C'est ça, oui, des anecdotes, dis-je en me mettant à rire. Et comme ce chameau n'est pas capable de rire, il dit juste s'il a trouvé ça drôle ou non.

— Une amie va passer me voir, nous annonça-t-elle, vous allez pouvoir la faire rire.

Le blond s'anima, sa méchanceté vacilla en accord avec son humeur, son visage s'éclaira.

L'amie était charmante, et il fut si agréable de la distraire qu'il fallut aller chercher une autre bouteille de vodka.

Ils marchaient devant, le blond se montra réservé et sûr de lui, la jeune fille était douce et volubile. Je boitais derrière eux.

— Pourquoi tu restes en arrière ? me demanda-t-elle en se retournant.

— J'ai acheté de nouvelles chaussures, elles me font mal.

Elle les trouva belles et dit :

— Je connais un moyen infaillible. Si on a des chaussures qui serrent trop, il faut les arroser de vodka chaude.

Le blond et moi échangeâmes un coup d'œil.

— Des chaussures pleines de vodka chaude, prononça-t-il d'un air pénétrant.

— Un titre génial pour un récit, fis-je.

— C'est moi qui l'écrirai en premier, déclara-t-il.

— Non, c'est moi, je te le promets !

La soirée fut réussie, surtout après que le blond, en regardant le pied de notre nouvelle amie, eut remarqué avec lyrisme qu'il aimait tout ce qui était petit.

Je dégotai alors dans l'armoire un verre à vodka minuscule comme un dé à coudre et le proposai à mon ami.

— Je vais maintenant t'apporter des petites cigarettes, tu souffleras une petite fumée, poursuivis-je en m'étranglant de rire. Demain matin, nous te préparerons des petites côtelettes pas plus grandes que ça. Tu les mangeras, et après tu noueras tes petits lacets et tu iras te promener sur une petite route. Seulement, fais attention de ne pas perdre en chemin ton petit talent…

Nous rîmes un bon moment là-dessus, et le blond riait plus fort que les autres, mais ensuite, brusquement, il devint triste, et complètement imperméable à la plaisanterie.

A minuit, la jeune fille nous abandonna dans la cuisine, au milieu des bouteilles, des pains et des fromages. Elle mit longtemps à remettre ses bottes, tandis que le blond, debout, la regardait.

Nous dormîmes lui et moi dans le même lit, un bon lit avec des draps blancs et des oreillers bien moelleux, paisibles comme des frères de lait.

Le matin, le regard plus clair, il m'assura que, pendant la nuit, je lui avais caressé la tête en lui disant : "Mon cher, mon grand ami ! Arrête de te mettre en colère !"

Le jour nous retrouva au Salon du livre où, comme d'habitude, nous travaillions comme deux aiguilles de montre accomplissant des tours réguliers : le blond, avec fermeté, et moi boitant de plus en plus douloureusement et pitoyablement. Le liquide, versé peu à peu dans notre estomac, clapotait, se frayait un chemin vers nos yeux encore clairs.

N'y tenant plus, je racontai au blond ce qui était arrivé au brun : la fierté faisait de moi une tour de sable attaquée par les flots. La tour ne résista pas et s'écroula sur lui dans un tourbillon de vantardise emphatique que provoquait en moi la victoire de notre ami :

— Tu te rends compte de ce qu'il est devenu ce matin ? dis-je, bousculant les mots, poussant littéralement le blond à partager ma joie.

— C'est drôle, répliqua-t-il, l'air sombre. Il n'était personne et il n'est toujours personne.

— Pourquoi tu dis ça ? fis-je réellement sans comprendre. Comment tu peux dire ça ? Dans notre pays, il y a cent cinquante millions d'habitants, et le brun, mon ami Sacha, entre, à partir d'aujourd'hui, on va dire dans la douzaine des personnalités les plus importantes, les plus influentes, les plus brillantes.

— Mais tu les as toujours détestés ces gens-là, non ?

— Je les déteste encore. Mais Sacha sera là-bas l'unique être humain vivant.

— C'est drôle, répéta le blond.

— Tu es complètement con, répondis-je, et nous ne nous disputâmes même pas, je dus me résoudre à être content tout seul.

Mon cœur était parcouru d'une tendre excitation. Le jour qui nous entourait de tiédeur bruissait comme s'il y avait eu une nuée de bourdons.

Dans le café où nous étions venus pour la énième tournée, scintillait une télé, et je pus apercevoir le visage pâle du brun. Mitraillé de flashs, il était au milieu des micros qui paraissaient enfoncés dans son corps et le faisaient ressembler à saint Sébastien. Ceux qui n'étaient pas arrivés à s'insérer dans le demi-cercle de journalistes qui l'avaient pressé contre le mur levaient en l'air leurs appareils et photographiaient son crâne, qu'il y a très peu de temps encore j'avais regardé avec tendresse, comme si je m'apprêtais à souffler dessus – tel qu'on le fait avec les fleurs de pissenlit.

— Regarde ! Regarde toi-même ! dis-je à nouveau sans pouvoir me retenir, essayant d'éveiller chez le blond la joie et la sympathie. C'est lui ! Le voilà !

Pour fêter l'événement, nous prîmes une double dose, et je me mis à courir dans le café toutes les heures pour regarder les informations.

Le brun avait pris possession de son cabinet. Le brun avait donné ses premiers ordres qui avaient provoqué une petite sensation, comme un léger infarctus. Le brun avait modifié le rapport des forces dans les deux clans au pouvoir.

— Non, mais est-ce que tu as fini par comprendre cet homme ? disais-je en poussant du coude le blond. Il est quand même très jeune ! En fait, c'est encore un gamin !

Le blond restait à sa place, l'air troublé et hostile. Ses mains blanches et lourdes étaient sur la table.

Il les crispait, poings serrés, et les desserrait malgré lui, comme si ça le démangeait de me frapper, mais qu'il ne s'y résolvait pas.

— Les gens ont commencé à s'enraciner, à prendre appui sur le sol, dit enfin le blond. Et là, arrivent de jeunes ordures qui se mettent à piétiner les fleurs et à arracher les racines.

— Pourquoi veux-tu qu'on arrache tes racines ? dis-je en riant. Tu nous prends pour des hommes de Cro-Magnon ? Tu n'as qu'à les manger toi-même, tes racines… Allez, le blond, calme-toi !

Les tournées successives avaient quelque peu ébranlé nos organismes et, le soir venu, nous n'avions de force que pour une bouteille de cognac, qui faucha rapidement les deux jeunes écrivains que nous étions. La nuit fut fraîche, et je me réveillai en nage. Ma sueur sentait terriblement l'alcool.

Le matin, nous allumâmes la télé et, aux informations, on nous promit un revirement concernant la nomination, la veille, de notre ami le brun. Redoutant le pire, j'errais dans l'appartement, en me grattant le ventre et en me comprimant les tempes.

Le blond s'ébrouait sous la douche : il s'était déversé dessus une tonne d'eau bruissante et il sortit de là alerte et vert comme un chou frais.

Juste à ce moment-là notre ami sembla crever l'écran : on le montrait plusieurs années auparavant, dans un uniforme brun qui tombait élégamment sur son grand corps délié.

— Notre président est une serpillière ! criait-il au milieu d'une foule d'adolescents au crâne rasé. Notre président sent comme un flacon d'eau de Cologne vide. Il faut aérer les lieux !

— Qu'est-ce que c'est que ça ? se réjouit brusquement le blond qui sentait la feuille de chou.

On voyait des adolescents lever leurs bras fins aux poings serrés et chanter d'une voix rauque la gloire de la Russie.

Je vis sur l'écran qu'on piétinait le brun, puis son image disparut. J'entendis qu'on le traînait dans la poussière. Je compris qu'il avait été vaincu.

— On ne comprend absolument pas pourquoi un jeune homme professant de telles idées a pu se retrouver au pouvoir, martelait le présentateur qui avait du mal à retenir un sourire fielleux.

Quelques heures plus tard, après ce document vidéo découvert Dieu sait où, vieux de plusieurs années, filmé en caméra cachée, mon ami fut éjecté du Kremlin sur un signe de tête de l'homme le plus important du pays ; on le déposa près de chez lui et on l'oublia pour toujours.

Il me téléphona le soir et me demanda où j'étais.

— Je suis toujours à côté, répondis-je. Viens.

Le blond et moi étions en train de dépenser notre argent en oreilles de porc et en boissons fortes. Les oreilles craquaient sous la dent.

Sacha entra dans le café, l'air perdu, et triste. Je ne l'avais jamais vu ainsi. Il secoua la tête et sur son visage se forma un tout petit sourire. En voyant ce sourire, je faillis pleurer, et mes lèvres le reproduisirent involontairement.

Le blond fit la grimace et avala en toute simplicité un grand verre de vodka : c'était la première fois en trois jours qu'il n'avait pas trinqué avec moi.

— Comment s'est passée cette excursion dans le pouvoir ? demanda-t-il sans chercher à cacher son triomphe.

— Je suis arrivé là-bas honnête et j'en suis reparti honnête, répondit le brun fermement, en lissant de ses longs doigts la nappe sur la table.

— Et c'est comment là-bas ? Le vent souffle tout en haut ? ne désarmait pas le blond.

— Ce sont des gens comme nous. Mais en pire.

— Et moi qui croyais qu'il n'y avait pas pire que vous, répliqua le blond. Une nounou a dû te nouer les lacets jusqu'à douze ans, parce que tu en étais toi-même incapable. Et maintenant, vous… Oh, quels salauds vous êtes.

Il s'envoya encore un verre et, la mine renfrognée, se mit à répéter :

— C'est drôle. Putain, ce que c'est drôle. C'est vraiment drôle.

— Tu ne pourrais pas la fermer ? fis-je.

— Tu te prends pour qui ? me demanda-t-il. Vous êtes tous les deux aveugles, morts à l'intérieur. Est-ce qu'au moins vous êtes capables de pleurer ? Quand est-ce que tu as pleuré pour la dernière fois, toi ?

Et là, il se pencha par-dessus la table, pour essayer de prendre mon visage dans sa paume, mon visage tout entier.

Je me détournai ; il voulut alors attraper de l'autre main le visage du brun, sans y parvenir non plus.

Nous bondîmes en bousculant nos chaises, et restâmes un instant debout, sans respirer, attentifs et tendus, comme deux garçons servant des clients invisibles, assis à notre table.

— Et les conneries ? reprit le blond en chuchotant. Ça remonte à quand, vos dernières conneries ? Toi, par exemple ?

Et il lança sur moi sa main lourde aux doigts écartés.

Je me rassis, sans répondre. Rester debout dans ces chaussures neuves me faisait mal.

Tiraillant sa joue, le brun se rassit à son tour. Il se versa de la vodka et but seul lui aussi, en m'ignorant. Il baissa la tête et son crâne brilla comme du bronze froid.

— Pourquoi tu m'as fait venir ici ? demanda-t-il amèrement sans lever les yeux.

— Pourquoi tu m'as fait venir ici ? demanda le blond haineusement, en cherchant mon regard.

— Apparemment, c'était aujourd'hui une veillée funèbre, dis-je en buvant de mon côté sans trinquer.

Mes amis se levèrent et s'en allèrent, je ne les suivis pas du regard.

J'appelai la serveuse et me plaignis d'avoir mal à la gorge. Elle hocha la tête d'un air étonné et attentif.

— Vous pourriez m'apporter une bouteille de vodka très chaude ? demandai-je.

— Bien, on va vous la chauffer, répondit-elle.

On me la chauffa et on me l'apporta. Les chaussures étaient à présent à côté de mes pieds, vides, raides, et pas accueillantes du tout. Je les posai sur la table et me mis à verser la vodka tantôt dans une chaussure tantôt dans l'autre. Les odeurs de sueur, de cuir et de vodka s'étaient mélangées en quelque chose de nauséabond qui restait en suspens au-dessus de la table.

— Jeune homme, qu'est-ce que vous faites ? s'écria la serveuse en accourant vers moi.

Le plateau était inondé de vodka sale.

Les videurs apparurent et me prirent tendrement par les bras. Les chaussures étaient noires à présent sur la table. Je me retournais plusieurs fois pour les regarder, comme si j'attendais qu'elles me suivent. Mais il n'en fut rien.

La lourde porte s'ouvrit devant moi et m'éjecta dans les lumières, le vacarme, et l'agitation.

Je sortis dans Moscou pieds nus.

C'est moi qui écrivis ce récit le premier.

J'avais gagné.

LE MEURTRIER ET SON JEUNE AMI

Membres du service spécial de la police, nous étions tous les trois en renfort sur une autoroute de la capitale – Serioja qui avait pour sobriquet le Primate, son copain le Gnome, et moi.

Le Primate avait récemment acheté à des gars qui faisaient leur service militaire quelques kilos de cartouches, et chaque fois qu'il reprenait son service, il en puisait une poignée comme si cela avait été des graines. Il engageait une cartouche dans la chambre de son arme et cherchait sur qui il pourrait bien tirer.

A un certain endroit, à trois heures du matin, lorsqu'il y eut moins de voitures, il remarqua un chien errant que sa mauvaise étoile faisait trotter dans les parages, il le siffla : le chien répondit à l'appel avec méfiance, le regard en biais, il essaya de s'approcher par le côté de ces hommes qui sentaient le mal et le fer et, bien sûr, il se prit immédiatement une balle mortelle dans le flanc.

Il ne mourut pas tout de suite et ses hurlements, qui durèrent un certain temps, réveillèrent sans doute la moitié des habitants du voisinage.

Le poste de police se trouvait tout près de la forêt.

Je crachai ma cigarette, poussai un soupir, et allai boire un thé.

"Il ne va pas tarder à lui en coller une dans le crâne", pensai-je, désagréablement tendu dans l'attente du coup de feu, bien qu'on eût sans doute tiré en ma présence des milliers de fois déjà.

Je tressaillis cette fois encore, le chien, en revanche, se tut.

Je ne fus pas en colère contre le Primate, et je n'eus absolument pas pitié du chien. Il l'avait tué, point barre : le bonhomme aimait tirer, il n'y avait pas de quoi en faire un plat.

— S'il pouvait y avoir la révolution ! m'avait-il dit un jour.

— Tu parles sérieusement ? fis-je avec un frisson de joie, parce que moi aussi je voulais la révolution.

— Et comment ! Je tirerais de tout mon cœur, répondit-il.

Un instant plus tard, je compris sur qui exactement il voulait tirer.

Je n'en fus pas plus ému que cela. En fait, j'aimais bien le Primate. Les maniaques qui se cachent et se font passer pour des hommes bien me dégoûtent. Le Primate, dans sa passion, était sincère et ne voyait rien de mal dans ses penchants ; il était en outre considéré comme un bon soldat. Il m'arrive de penser que c'est justement comme lui que doivent être les soldats : les autres se révèlent inaptes tôt ou tard.

De plus, il possédait un sens de l'humour, drôle et sans méchanceté. C'est précisément la seule chose que j'apprécie chez les hommes : savoir être courageux et joyeux, les autres talents me touchent beaucoup moins.

Le Primate n'était pas vexé outre mesure de se voir appeler par ce sobriquet, surtout après que je lui eus expliqué que, à l'origine, on classait dans cette catégorie les hommes, les singes et le paresseux d'Australie.

Le Primate avait, du reste, sa propre explication : il soutenait que tous les autres combattants du détachement étaient précisément issus de lui.

— Je suis votre aïeul, espèces de singes sans queue, disait-il avec un rire communicatif.

Quant au Gnome, il se faisait passer en plaisantant pour le père du Primate, bien qu'il fût à peu près trois fois plus petit que lui.

Le Primate pesait cent vingt kilos ; dans le bras de fer, il écrasait tous nos camarades ; personnellement, je ne m'étais jamais résolu à entrer en compétition avec lui. On ne l'invitait généralement pas aux exercices de lutte, depuis qu'il avait cassé une côte à un soldat et provoqué chez un autre une lésion à la tête dès les premières minutes de combat.

Avant l'arrivée du Gnome, le Primate ne parlait à personne en particulier : il levait ses haltères et riait, également aimable avec tout le monde.

Mais avec le Gnome, il se lia vraiment d'amitié.

Ce dernier était le plus petit du détachement, et je n'ai toujours pas compris pourquoi on l'avait recruté : nous avions plusieurs gars de petite taille, mais chacun était baraqué comme trois armoires à glace. Le Gnome, en revanche, méritait bien son surnom : il avait de toutes petites mains fines et une cage thoracique aussi grande qu'un nichoir à étourneaux.

On ne peut pas dire que je le méprisais, simplement je ne me rendais pas compte, la plupart du temps, qu'il était parmi nous. Quant à lui, je crois vraiment que ça lui était égal ; ou alors, c'est qu'il savait donner le change. Par la suite, pendant une pause cigarette, nous avions bavardé, et j'avais appris que sa femme l'avait quitté peu de temps auparavant. Elle avait grandi dans un orphelinat et était incapable de rester où que ce fût très longtemps, y compris dans le mariage. Elle avait laissé une petite fille de six ans, et, depuis peu, le père et la fille vivaient ensemble. Heureusement, la mère du Gnome habitait la maison voisine, et elle passait nourrir l'enfant lorsque son fils partait au travail.

En racontant tout cela, il ne mettait pas son histoire en avant, et ne cherchait pas à se faire plaindre : il tirait juste tellement fort sur sa cigarette, qu'il donnait l'impression de vouloir la terminer d'un seul coup. Il n'y arrivait pas, mais pouvait écraser son mégot à la cinquième bouffée.

Je finis par éprouver pour lui de la sympathie. Et je me mis à regarder ce couple – le Primate et le Gnome – avec un intérêt qui ne se démentit jamais. C'est ensemble qu'ils allaient manger, fumer, et peut-être même bien pisser ; ils prirent bientôt l'habitude, quand ils étaient en voiture, de lever des putes, ne serait-ce qu'une pour deux, ou alors il y en avait tellement plein la voiture qu'on avait du mal à compter ces femmes qui piaillaient et riaient aux éclats. Le Primate avait pourtant une épouse jeune et gironde.

Il avait, malgré son surnom, un visage blanc, large, imberbe, avec des traits un peu bouffis ; mais quand il riait, tout se mettait en place : le nez retrouvait sa forme, les yeux regardaient attentivement, la pomme d'Adam était bien proéminente, et la bouche avait toutes ses dents, grandes et jaunes, solidement et fermement plantées.

Le Gnome n'avait pas non plus de barbe, on remarquait cependant une petite moustache, genre moustache d'officier. D'ailleurs, tout dans son visage était petit, comme chez un étrange poupon moustachu. Mais s'il riait, ses traits s'emmêlaient et se brouillaient, ses yeux fuyaient, sa bouche prenait toute la place, émaillée de toutes petites dents.

Le Gnome n'était pas avide de sang comme le Primate ; tout le montrait : il n'avait envie de tuer personne, ce qui ne l'empêchait pas de regarder avec intérêt les divertissements de son grand ami, comme s'il réfléchissait à quelque chose selon différentes approches.

J'entendis leurs voix très animées dehors et je sortis du poste.

— Vous avez flingué le chien ? demandai-je.

— C'était une femelle, répondit le Primate avec satisfaction.

Il sortit son arme, enleva la sûreté, visa le montant du perron en bois qui avait la largeur d'un beau bouleau et tira à nouveau.

— Ça alors, regarde ! fit-il en examinant la poutre. Je ne l'ai pas trouée. Le Gnome, mets-toi de l'autre côté, je vais essayer encore une fois.

— Mets plutôt ta main et essaie sur toi-même ! répliqua le Gnome en se mettant à rire de toutes ses petites dents.

Le Primate appliqua sa main contre le bois et avant même que, dans une terreur superstitieuse, j'aie pu dire quelque chose, il tira une nouvelle fois, en dirigeant son arme de l'autre côté, en face précisément de son énorme paluche. Je ne vis pas si, au moment du tir, sa main trembla ou non, parce que j'avais involontairement cligné des paupières. Lorsque je rouvris les yeux, le Primate avait retiré sa main et la regardait de très près. Elle était blanche et propre.

Le lendemain matin, nous fûmes accueillis à la base par la femme du Primate. Elle avait un visage tendre, humide et indolent, comme une fleur après la pluie. Elle avait beaucoup pleuré et peu dormi.

— Où est-ce que tu étais ? fut la première question – stupide – qu'elle posa à son mari en s'approchant à portée de coup.

Ils étaient beaux à regarder l'un et l'autre : grands, avec de longues jambes, on aurait pu les atteler ensemble pour le labour.

— A la pêche, tu ne vois pas ? fit-il avec un rire moqueur, et en donnant une tape sur son étui à revolver.

Sa femme se remit à pleurer, et poussa presque un cri lorsqu'elle remarqua la présence du Gnome :

— Il est encore ici, celui-là. Tout ça, c'est à cause de lui !

Le Gnome contourna la jeune femme. Son visage était tellement tendu qu'il avait rapetissé et était à présent gros comme le poing du Primate.

— Tu es devenue folle ou quoi, dit le Primate à sa femme d'un ton indifférent. Qu'est-ce qui ne te plaît pas ? Que j'aille au travail ?

— Et en plus, il a l'intention d'aller en Tchétchénie, le salaud ! reprit sa femme sans répondre à sa question.

Il haussa les épaules et alla remettre son arme.

— Dis-lui au moins quelque chose, toi ! m'interpella-t-elle.

— Qu'est-ce que tu veux que je lui dise ?

Je comprenais qu'elle était jalouse dc lui à en mourir, non sans raison ; elle ne croyait même pas qu'il se rendait à son travail, elle pensait plutôt qu'il allait courir les filles ; mais son dernier mot avait été cependant pour la Tchétchénie. "Que vient faire ici la Tchétchénie ?" avais-je pensé. C'est pourquoi j'avais répondu à sa question par une autre question.

Elle eut un geste de la main désabusé, comme si elle abattait mes mots en suspens dans l'air, et elle s'éloigna. Sans accorder d'attention aux voitures, elle traversa lentement la route et s'arrêta devant la grille du parc, tournant le dos à la base. Elle se balançait légèrement.

"Elle l'attend, pensai-je avec satisfaction. Mais elle veut que ce soit lui qui fasse le premier pas. C'est une femme bien."

Après avoir rendu son arme, le Primate se mit à fumer avec le Gnome, en regardant du coin de l'œil le dos de sa femme ; ils blaguèrent, se rappelèrent encore la chienne abattue, ils écrasèrent soigneusement du bout de leurs chaussures les mégots qu'ils venaient de jeter, allumèrent une autre cigarette et se séparèrent enfin.

Le Primate s'approcha de sa femme et lui caressa le dos.

Elle lui répondit quelque chose de modérément désagréable et, sans se retourner, elle partit sur la route. Le Primate la suivit, sans hâter le pas.

"Dans cinquante mètres, ils seront réconciliés", décidai-je en les regardant par la fenêtre.

Une minute plus tard, il rattrapa sa femme et lui mit la main sur l'épaule. Elle ne chercha pas à s'en débarrasser. Je sentis même que le balancement de ses hanches s'était fait plus ample de quelques centimètres – juste ce qu'il fallait pour qu'elle puisse effleurer la hanche de son mari.

"Ils vont rentrer chez eux et… tout s'arrangera d'un coup", pensai-je dans un accès de lyrisme, un peu excité moi-même à la vue de ces deux bêtes sauvages qui dégageaient des odeurs vieilles comme le monde.

J'avais appris je ne sais où que le Primate avait un potentiel viril hors norme. La semence, en lui, n'était pas moindre que son désir de verser le sang des autres. Il répandait l'une et versait l'autre : tout était en ordre, tout était à sa place.

C'est le Primate qui tua le premier homme.

Il s'était ennuyé toute la semaine : le sang ne venait pas à sa rencontre. Il regardait avidement les paysages tchétchènes, les ruines tourmentées, les maisons sombres et vides, attendant à tout instant, avec un fol espoir, le coup de feu. Personne ne lui tirait dessus. Dans le détachement, il était maussade et en colère pratiquement contre tout le monde. Excepté, bien sûr, contre le Gnome : quand il parlait avec lui, son visage s'adoucissait et ses traits se détendaient.

C'est tout juste si nos gars ne priaient pas pour que le détachement échappe au malheur, mais lui devenait fou furieux, et pas pour la frime :

— Ce que vous voulez, c'est venir à la guerre et ne pas la voir ?

— Tu as envie d'être couché dans un cercueil ? lui demandait-on.

— Qu'on soit couché ici ou là, quelle importance ? répondait-il d'un air dédaigneux.

On tirait constamment dans des rues qui n'étaient pas très éloignées de la nôtre, chaque jour il y avait un tué dans les détachements voisins ; parfois dans un échange de tirs féroce et inepte, c'est quasiment toute une escouade d'appelés du contingent en état d'ivresse, qui était fauchée. Nous étions les seuls à rouler à travers Groznyï comme des possédés : notre détachement était essentiellement chargé de l'accompagnement, rarement des *zatchistka*.

Le Primate exigeait souvent de tourner dans une rue voisine où des fusils-mitrailleurs grondaient et crachaient sans relâche, lorsque dans une jeep déglinguée nous parcourions la ville pour exécuter des ordres qui n'étaient pas toujours très clairs – il fallait d'abord aller dans un endroit précis, ensuite se rendre dans un trou paumé pour transmettre un ordre, ou remettre soit un paquet, soit une caisse de cognac de la part d'un commandant à un colonel par exemple.

— Pour quelle foutue raison on va là-bas ? répondais-je du siège avant où j'étais assis.

— Et si ce sont des petits gars russes qu'on est en train de massacrer ? grimaçait le Primate.

— On n'est en train de massacrer personne, disais-je, et j'ajoutais après un silence : On ira quand on nous appellera.

Bien sûr, personne ne nous appelait.

Mais le troisième jour de la troisième semaine, au cours d'une *zatchistka* qui se déroulait le matin, dans une banlieue de la ville, en montant dans le grenier d'un immeuble de quatre étages, on chopa enfin trois jeunes types, sans armes, nerveux. Des renseignements faisaient état de tirs sporadiques, à partir de ce grenier, sur le quartier général qui se trouvait à proximité.

— Et pourquoi vous dormez là ? leur demanda le commandant.

— On a bombardé notre immeuble. On n'a nulle part où dormir, répondit l'un d'eux.

Le commandant tira alors brusquement le tee-shirt d'un des gars, et une marque bleu foncé, provoquée par une crosse de pistolet-mitrailleur, expliqua sur-le-champ beaucoup de choses.

Mais nous ne trouvâmes pas d'armes dans le grenier.

— Vous avez vos passeports ? leur demanda-t-on.

— Ils ont brûlé dans l'incendie, quand on nous a bombardés ! dirent les Tchétchènes qui s'en tinrent à cette explication.

— Bon, ils vont tirer ça au clair au quartier général, conclut le commandant. Gardez-les à distance les uns des autres, ajouta-t-il, pour qu'ils ne parlent pas entre eux et ne se mettent pas d'accord sur les réponses.

Nos gars en tenue de camouflage s'éparpillèrent dans les cours d'immeubles voisins pour y opérer : on entendait parfois, de la rue même, les portes sauter de leurs gonds – on les enfonçait lorsque personne ne répondait. Les prisonniers furent séparés ; le Primate et le Gnome restèrent près de l'un d'eux.

A tout hasard, je conduisis trois camarades vers deux rangées de petits hangars à côté de l'immeuble, pour qu'ils y jettent un coup d'œil : sinon, il se pouvait très bien qu'un indésirable arrive inopinément, ou qu'il sorte de ces hangars un Tchétchène rapide à la détente.

Je revenais en fumant une cigarette, lorsque je fus assailli par une idée : je me souvins brusquement du regard lourd du Primate et de ses paupières qui tressaillaient lorsqu'il avait pris son prisonnier par le col et, après lui avoir dit "on y va", l'avait emmené d'une façon suspecte loin de l'immeuble où se déroulait l'opération, vers un petit terrain vague devenu ces derniers temps une décharge.

Je pressai le pas et, lorsque je jetai un coup d'œil de derrière les hangars, j'aperçus le Primate de dos, et le Gnome qui me regardait de face avec un sourire désagréable.

— Cours ! dit au prisonnier le Primate, d'une voix basse mais distincte. Sinon tu seras tué. Tandis que moi, je dirai que tu t'es sauvé. Cours !

— Arrête ! hurlai-je, m'étranglant presque de terreur.

Mon cri arracha de sa place le Tchétchène. D'un bond, il s'élança dans le terrain vague, tomba tout de suite, s'accrocha aux fils de fer, se releva, fit encore quelques pas et reçut dans la nuque une balle nette et sans bavure.

Le Primate se tourna vers moi. Il avait un pistolet à la main.

Je ne dis rien. Il n'y avait plus rien à dire.

Le commandant déboula un instant plus tard, accompagné de quelques-uns de nos combattants.

— Qu'est-ce qui s'est passé ? demanda-t-il en regardant les gars pour s'assurer que personne n'avait de mauvaise blessure, de sang qui coulait et autres signes mortels.

— Tentative de fuite… commença le Primate.

— Arrête ! dit le commandant et pendant un instant il regarda le Primate droit dans les yeux. Il n'y a pas à dire : un vrai primate ! fit-il entre ses dents et comme si ça lui demandait un effort, puis il cracha par terre.

Je me souvins de cette nuit de printemps humide où on avait fait nos préparatifs pour aller en Tchétchénie. On recevait nos armes, on fixait les lance-grenades, on collait les chargeurs avec du ruban isolant, on tassait les sacs à dos, on ajustait les gilets d'assaut. Beaucoup d'entre nous fumaient et riaient.

La femme du Primate était venue vers quatre ou cinq heures du matin, et elle était restée debout au milieu du couloir, le regard sombre.

En la voyant, le Gnome disparut dans le vestiaire sans demander son reste : il resta là, calme et même un peu abattu.

Le Primate s'approcha de sa femme, ils se regardèrent en silence.

En passant à côté d'eux, les gars les plus exubérants se taisaient inexplicablement.

Moi aussi je passai en silence et, quand elle me vit, elle me fit un signe de tête ; je remarquai avec étonnement qu'elle était enceinte, et même si sa grossesse n'était pas très avancée, on sentait qu'elle tenait à cet enfant.

Le Primate avait un visage calme et l'expression de quelqu'un qui est déjà loin, de quelqu'un qui a roulé sa bosse et s'arrête un instant pour regarder ce qui vient. Mais soudain il se mit sur un genou et posa son oreille sur ce ventre qui commençait à s'arrondir. Je ne sais ce qu'il entendit, mais je me souviens très bien de la scène : un couloir plein d'hommes aux armes noires et au langage grossier, et au milieu de tout cela, sous une ampoule jaune, il y avait un homme au visage clair qui appuyait son oreille contre le fruit de sa chair.

“C’est un Primate ? C’est vraiment un Primate ?” me dis-je en m’approchant du cadavre dont un bout de la nuque semblait avoir été arraché à coups de dents.

Personne ne répondit à ma question.

Pour fêter la fin de notre mission, nous organisâmes une beuverie. Au plus fort des réjouissances, la lumière s’éteignit dans la caserne, et le Gnome fit rire tout le monde en glapissant :

— J’y vois plus rien ! Je suis aveugle !

— P’tit père, qu’est-ce qui t’arrive ? fit le Primate en poursuivant la plaisanterie.

— Fiston, c’est toi ? répondit le Gnome. Emporte-moi vers la lumière. Loin de ces rires imbéciles, vers le dernier soleil.

Juste à ce moment-là, la lumière se ralluma, et tous virent le Primate porter le Gnome dans ses bras.

C’est avec tristesse que nous devions par la suite nous rappeler cette histoire.

Deux jours avant de rentrer chez nous, le Primate et le Gnome allèrent avec quelques autres dans un trou perdu au pied des montagnes, pour ramener d’un checkpoint un Tchétchène, commandant d’un détachement de partisans, qui avait été fait prisonnier on ne sait trop comment. Ils s’y rendirent en hélicoptère, avec notamment deux *spetsnaz** de Nijni Taguil ou de Verkhni Oufaleï, je ne sais plus très bien.

C’est le Primate en personne qui se chargea du Tchétchène dont le visage avait été négligemment défoncé à coups de botte ou de crosse ; au même

* Ce terme générique désigne les troupes spéciales rattachées à l’armée, aux services secrets, aux ministères de l’Intérieur et de la Justice.

moment, les deux fameux *spetsnaz*, originaires de je ne sais plus où, voulant prolonger un peu le jeu, se tenaient à côté de l'hélicoptère et pointaient leurs armes dans toutes les directions. Ils étaient heureux de se pavaner, convaincus – ce qui est fréquent à la fin d'une mission – que personne ne pourrait les tuer. Pas très loin, le Gnome lui aussi riait de toutes ses petites dents.

C'est à cet instant que, partis d'un buisson, deux coups de feu isolés fauchèrent brutalement, et ensemble, les deux types de Verkhni Oufaleï et Nijni Taguil. Le Gnome lui aussi se retrouva dans l'herbe, comme un petit animal, et lorsqu'une fusillade nourrie éclata, il ne répondit pas à l'appel du Primate. Ce dernier était déjà monté dans l'hélicoptère et l'appareil faisait tourner ses pales à pleine puissance dans l'espoir de foutre le camp au plus vite.

Le Primate sauta à terre et, en sueur, sans casque, sans se courber, visait et tirait dans la direction qui lui semblait la bonne, ensuite il emporta les blessés, deux à la fois, un sur chaque épaule et les posa à côté du Tchétchène qui, lorsqu'il entendit les tirs, se mit à agiter ses jambes attachées, et à bouger très vite ses cils collés, lourds de sang : on aurait dit un papillon incapable de déployer ses ailes pour s'envoler.

Le Primate courut ensuite chercher le Gnome, le sortit de l'herbe et le transporta, dans ses bras, dans l'hélicoptère.

Le Gnome n'avait pas une seule égratignure. Tandis que l'appareil prenait de la hauteur, il fut pris de doute et, les yeux mi-clos, il se demanda où précisément l'avait atteint la balle mortelle, mais aucune partie de son corps ne répondit par une douleur déchirante. Il ouvrit alors joyeusement la bouche pour faire part de la nouvelle au Primate.

Celui-ci était assis en face, muet, dans une mare foncée, et il lui manquait un œil. On découvrit ensuite qu'une deuxième balle lui était entrée dans la jambe, et une troisième, juste dans l'aisselle, là où son gilet pare-balles ne protégeait pas son corps blanc.

D'autres avaient atteint son gilet, et plusieurs de ses organes avaient dû exploser sous la violence des impacts, mais personne n'eut l'idée d'examiner ses organes : il suffisait amplement à chacun de savoir que le Primate avait couru un certain temps avec un œil en moins, et avec un morceau de plomb brûlant dans la tête.

Les types de Nijni Taguil ou de Verkhni Oufaleï survécurent tous les deux, et le Gnome fut proposé pour une décoration.

Nous rentrâmes à la maison avec l'énorme cercueil en zinc du Primate.

Sa femme avait un visage ravagé et ses mains frappèrent le couvercle avec tant de violence qu'à l'intérieur le Primate avait certainement ouvert, un court instant, l'œil qui lui restait, sans rien comprendre bien sûr.

A l'enterrement, elle resta debout, silencieuse, sans une larme, et, quand vint le moment de jeter de la terre sur la tombe, elle se figea avec sa motte de terre fauve à la main. On l'attendit, puis d'autres s'approchèrent à leur tour. La terre s'effritait et se répandait.

Le Gnome ne pleura même pas, il pleurnichait bizarrement, ses épaules tressautaient, et sa poitrine paraissait toujours aussi pitoyable qu'un nichoir, à l'intérieur duquel quelqu'un criait et agitait doucement ses ailes.

La femme du Primate serrait si violemment la terre dans sa main qu'elle glissa toute entre ses doigts pour ne laisser dans sa paume que des traces collantes.

C'est avec cette main sale qu'elle vint au repas funèbre.

Au début, tous burent en silence, ensuite, comme d'habitude, tout le monde se mit à parler. Je n'arrêtais pas de regarder la femme du Primate, son front de pierre et ses lèvres dures. Je ne pus m'empêcher de m'approcher d'elle et de m'asseoir à côté.

— Comment vas-tu ? lui demandai-je en désignant son ventre d'un signe de tête.

Elle ne répondit pas. Puis, sans que je m'y attende, elle me caressa la main.

— Tu sais, dit-elle, il m'avait passé une sale maladie. Alors que j'étais déjà enceinte. Il était impossible de se soigner sérieusement, et impossible de rester contaminée. Et quand il a été tué, le jour même, tout est passé. Je suis allée voir les médecins, j'ai subi une visite de contrôle : il n'y a rien, c'est comme s'il n'y avait jamais rien eu.

Plusieurs mois plus tard, la maison du Primate fut cambriolée pendant que sa veuve était à une consultation. Tout l'argent fut volé, et il y en avait beaucoup – c'étaient les indemnités qu'on lui avait versées à la mort de son mari ; on prit également les clefs de la voiture et la voiture qui était dans le garage.

La veuve m'appela trois jours après l'incident et me pria de venir.

— Il y a du nouveau ? lui demandai-je.

Elle haussa les épaules.

— J'ai… des soupçons, dit-elle en caressant son ventre énorme. Tu veux bien me conduire chez une femme ? Elle est voyante. Ça fait longtemps qu'elle ne reçoit plus personne, elle dit que ses révélations font du mal. Mais comme elle doit de l'argent à mon père, elle accepte de me voir.

J'étais dubitatif : mon Dieu, qu'est-ce que c'était encore que ces histoires de voyantes ! Mais je l'accompagnai quand même : je ne pouvais refuser ça à une veuve.

C'est une femme accueillante et agréable qui ouvrit la porte ; elle n'était pas vieille du tout, n'était pas habillée en noir et n'avait pas de foulard sur les cheveux. Elle n'avait rien à voir avec l'image que je m'en étais faite : son sourire découvrait des dents blanches, elle portait une robe sans manches, et elle était jolie.

— Vous voulez du thé ? proposa-t-elle.

— Avec plaisir ! répondis-je.

Nous nous assîmes à table, mangeâmes un bonbon chacun ; le thé, dans des tasses ventrues, était brûlant et parfumé.

— Vous cherchez quelqu'un ? demanda la voyante.

— On m'a cambriolée, répondit la veuve. Et tout a été fait dans les règles de l'art, comme si c'était quelqu'un de la maison : il n'a pas eu à chercher, il savait où c'était.

La voyante hocha la tête.

— J'ai apporté une photo, reprit la veuve.

Elle sortit un cliché de son sac et je me souvins de cette belle journée en Tchétchénie, lorsque nous avions bu, et que la lumière s'était éteinte, puis était revenue, et nous nous étions pris en photo, tous déjà soûls : nous nous étions bousculés et avions eu de la peine à tous entrer dans le champ, tant nous étions massifs comme des chevaux.

— C'est celui-là qui a volé, dit la voyante simplement, en touchant d'un joli doigt léger le visage du Gnome. Tu vois qui c'est ? ajouta-t-elle après un silence. Il est assis de telle façon qu'il semble plus grand que les autres. Regardez. En fait, il est petit, n'est-ce pas ? Et là, on ne se rend pas du tout compte qu'il l'est. Il paraît plus grand que ton mari. C'est ton mari ? fit-elle en montrant le Primate. Il est mort maintenant. Mais ses enfants seront beaux. Blonds. Tu attends des jumeaux.

J'étais frappé de stupeur, et la cuiller, dans ma main, tremblait.

Le Gnome avait quitté le détachement trois mois plus tôt et, depuis, personne ne l'avait revu.

— On va chez lui ! criai-je presque, lorsque nous fûmes dans la rue, fou de rage à présent, et prêt moi-même à commettre un meurtre.

La veuve hocha la tête avec indifférence.

La maison du Gnome était dans la banlieue, nous y arrivâmes bientôt et découvrîmes les volets fermés et un verrou à la porte, un de ces verrous lourds qu'on accroche quand on part pour de bon et loin.

On frappa chez les voisins, ils confirmèrent : oui, il était parti. Ils étaient tous partis. Sa mère, sa fille, et lui-même.

Nous reprîmes la voiture, moi – tout retourné et furieux, la veuve – calme et paisible.

— Il faut porter plainte, dis-je au comble de la colère, en fumant et en regardant la maison avec haine, en me demandant s'il ne fallait pas la brûler. Il fallait chercher cette ordure et le mettre en prison.

— Il ne faut pas, répondit la veuve.

— Comment ça, il ne faut pas ? dis-je, m'étranglant presque.

— Il ne faut pas le faire. Il était l'ami de mon Serioja. Je ne ferai rien.

Je remis le moteur en marche et nous repartîmes. La veuve avait posé ses mains sur son gros ventre et elle souriait.

UN VILLAGE MORTIFÈRE

Je n'ai jamais été attiré par la pêche, je trouve que rester au bord d'une rivière, le regard fixe, en serrant dans ses mains un bâton, à attendre qu'un petit poisson vienne jusqu'à vous, est une occupation stupide. Je peux à la rigueur, dans un état de profonde ivresse, errer à travers les buissons de la rive en traînant un filet, mais cela doit s'appeler d'une autre façon : avec un filet, ce n'est plus de la pêche, c'est de la chasse.

Quoique je n'aime pas non plus la chasse. J'aime être allongé sur le sable, qu'il y ait du soleil partout, et que le sable soit blanc et chaud.

— Du sable, là où on va, tu en auras à la pelle, répondit mon jeune frère Valiok. Tu seras peinard comme dans un bac à sable. Viens avec moi, sinon je vais m'ennuyer tout seul.

— Tu n'as qu'à prendre une cuite avec ton copain, et vous parlerez de la prison, continuais-je à refuser avec mollesse. Je n'aime pas quand on parle autant de prison. Je ne connais personne là-bas.

— On n'en parlera pas, promit mon frère. On en a soupé de la prison, quand on y était.

Il ne m'avait pas dit que le train de banlieue n'allait pas du tout jusqu'au village où habitait son ami, celui qui avait été son compagnon de cellule. De l'endroit où s'arrêtait le train, il y avait encore deux bonnes heures de marche.

Lorsque nous arrivâmes à la gare de notre ville, nous allâmes immédiatement acheter de la bière au kiosque ; pendant ce temps, notre train s'en alla lentement et froidement, sans que nous le remarquions. Nous trinquâmes avec deux bouteilles en son honneur. Nous bûmes encore quatre bouteilles chacun, en achetâmes six autres pour la route et prîmes de justesse le train suivant.

Le wagon était étouffant, et nous nous rafraîchîmes en sortant nos têtes par la fenêtre, si bien que, très vite, nous avions non seulement des gueules avinées, mais aussi couvertes de poussière.

Nous finîmes par nous asseoir sur les banquettes pour nous reposer un peu, nous terminâmes la bière, nous nous amusâmes, pour terminer, aux dépens d'un type qui avait l'air triste sur son quai. Il eut le temps de nous menacer de son petit poing chétif.

— Putain ! dit mon frère quand le train redémarra. C'était notre arrêt…

Je secouai la bouteille vide, la levai au-dessus de ma tête en ouvrant toute grande la bouche. Il ne m'en tomba pas la moindre goutte.

— Ce n'est pas grave, reprit mon frère. On va revenir en arrière.

Nous sortîmes à une petite station déserte, sautâmes sur la voie en sens inverse, trouvâmes une plaque de fer rouillée avec les horaires et découvrîmes que le train suivant était dans une demi-heure.

— On va à pied ? proposa mon frère. C'est pas drôle de poireauter ici.

— D'accord.

Au début, nous marchâmes allègrement sur les voies, mais les traverses ne sont pas faites pour la marche, nos pieds glissaient sans arrêt.

Nous sautâmes sur le gravier du remblai, mais là nous étions obligés de marcher les jambes écartées, nous courûmes alors dans une clairière, pour ensuite passer en diagonale à travers une petite forêt.

— Voilà son village, là-bas ! me dit mon frère, en me montrant vaguement un endroit, du côté du soleil qui n'était déjà plus au zénith, mais déclinait doucement. Nous allons tout de suite prendre un raccourci, et nous arriverons tout droit dans le potager de mon pote.

La forêt était sombre, paisible, et il y avait beaucoup de toiles d'araignées.

En recrachant les toiles d'araignées et les araignées qui allaient avec, nous échangions des insultes, sans méchanceté il est vrai.

— La pêche… Tu parles d'une pêche ! n'arrêtais-je pas de râler. C'est la nuit que vous allez pêcher ?

— Et alors ? s'étonna mon frère. C'est là que le poisson mord le mieux. Il est affamé la nuit. Comme nous après avoir fumé de l'herbe. On va pêcher un peu, et toi tu resteras allongé dans le sable. C'est ce que tu voulais, non ? Eh ben, tu pourras y rester toute la nuit.

On continuait à marcher en devisant. On chanta quelques chansons sympathiques. Puis ce fut un silence méditatif pendant presque une heure. Et enfin, le début de l'inquiétude.

— On s'est perdus, Valiok, ça en a tout l'air, dis-je à mon frère en cassant pour la centième fois des branches prêtes à me rentrer dans les yeux.

— C'est aussi mon avis, reconnut-il.

Nous nous accroupîmes sous un arbre et fumâmes à deux la dernière cigarette.

— On revient en arrière ? proposai-je.

— Encore faudrait-il savoir par où on est arrivés.

— Comment, tu ne sais pas ?!…

— En tout cas, fit mon frère, c'est moi qui te mangerai le premier quand le moment sera venu.

On se leva et on continua à marcher. Il n'y avait presque plus de soleil au-dessus de nous.

Je détestais déjà la stupide chemise que je portais, parce qu'elle ne me protégeait absolument pas de la fraîcheur de cette forêt sombre. Je ne sais pourquoi, j'appuyais mon dos contre les arbres, mais je ne sentais pas leur protection. Mon frère, par une habitude contractée en prison, marchait voûté pour garder sa chaleur et, dans la pénombre, il ressemblait de plus en plus à un vieux criminel.

— Tu peux me dire, reprit-il, comment font les bêtes pour vivre ici ? Il n'y a pas de lumière, il n'y a rien. Elles restent blotties toute la nuit, elles se cachent. On n'a même pas envie de grimper dans un arbre tellement on a peur. On se recouvre de feuillage et on ne bouge plus, jusqu'à ce qu'on te découvre là-dessous. "Bonjour, petit lièvre, excuse-moi de t'avoir réveillé !"

Juste à cet instant, dans le prolongement de ses paroles, quelqu'un fit craquer des branches pas très loin de nous ; animés par de vieux instincts, nous nous élançâmes l'un vers l'autre, serrés dos contre dos.

L'inconnu disparut, et l'on n'entendit plus aucun bruit.

Nous restâmes ainsi une minute, serrant et desserrant les poings. Je ne sais pas comment était mon frère, mais pour ce qui est de moi, j'avais le plus grand mal à ne pas claquer des dents.

— Pourquoi tu t'es collé à moi ? me demanda-t-il.

— C'est toi qui t'es collé à moi.

Nous ne bougions toujours pas de notre place.

— Regarde, dit mon frère, une fourmilière.

— Et alors ? Tu proposes de passer la nuit dedans ?

— Je viens de me souvenir que les fourmilières se trouvent toujours au sud des arbres.

— Où tu veux en venir ?

— Le sud, c'est là-bas.

— Tu veux qu'on marche dans cette direction ? Et où est-ce que tu espères arriver ? En Crimée ?

Je parlais intentionnellement les lèvres serrées, pour essayer de maîtriser mes mâchoires incontrôlables.

— Peu importe. On n'est quand même pas dans la taïga. On va continuer à marcher pendant qu'on y voit encore un peu clair. Après, on grimpera aux arbres pour passer la nuit. Je n'ai jamais dormi dans les arbres. Et c'est pas demain la veille qu'on en aura l'occasion.

Nous nous remîmes en marche vers le sud, beaucoup plus lentement cette fois, et en prêtant l'oreille aux bruits de la forêt qui à présent était silencieuse et angoissante.

Nous nous attendions à chaque instant à entendre dans notre dos un rugissement d'ours, ou un hurlement de loup, mais personne ne hurla, ne rugit ni ne montra ses dents à notre rencontre. Parfois seulement des oiseaux s'envolaient, mais leurs premiers battements d'ailes étaient amplement suffisants pour que mon cœur dégringole au plus bas, et qu'il mette ensuite un temps fou à remonter, à peine vivant et tout glissant.

— Regarde, une trouée là-bas, fit mon frère – le premier à l'avoir remarquée.

Il avait raison : nous débouchâmes bientôt dans une clairière.

— On va rester ici, décida-t-il. On va faire un petit feu, comme ça on aura chaud. Moi, je m'occuperai du feu, et toi tu iras à la chasse.

— Tu ne crois pas que toutes les bêtes de la forêt vont rappliquer ? dis-je, dubitatif.

— Y a des chances. Mais elles admireront à distance… deux beaux morceaux de viande…

Nous courûmes un peu dans la plaine pour nous réchauffer, comme deux esprits de la forêt. Nous tassâmes des pieds un endroit pour le feu, allâmes chercher des branchages, nous nous sentions un peu plus gais.

— On laisse tomber le feu, changea brusquement d'avis mon frère. Regarde, regarde là-bas, m'appela-t-il. Tu vois ? Des lumières. C'est un village.

Nous abandonnâmes nos branchages et, vifs comme des voleurs nocturnes, nous traversâmes les buissons, à la recherche de la chaleur humaine.

Je gardai toutefois un bâton et marchais avec, joyeux, le cœur battant.

— Des gens ! avais-je envie de crier joyeusement. Comme j'aime les gens ! Comme c'est bien qu'il y ait des gens sur terre !

Mon frère aussi était tout gai.

— On arrive, se mit-il à rêver. Les jeunes filles sont en train de faire des rondes. Elles sautent au-dessus des feux. Elles tressent des couronnes qu'elles jettent dans l'eau. Il n'y a pas d'hommes à la campagne, ils sont tous morts à la guerre. Elles vont être contentes de nous voir. Elles vont nous apporter une miche de pain, du lait... Ensuite elles nous conduiront au bain. Elles nous regarderont par une petite fenêtre et elles poufferont de rire. Enfin, c'est quand elles te verront, toi, qu'elles auront des petits rires... Moi, quand elles me verront, elles auront toutes leur cœur qui se mettra à battre très fort.

Je riais, plein d'allégresse

— C'est ça, oui, il se mettra à battre. Elles diront : "Y a un drôle d'oiseau qui est sorti de la forêt... Le Seigneur fait quand même de drôles de choses !"

Les lumières se rapprochaient, et la forêt s'acheva tout près du village. Elle resta derrière nous avec ses branches tordues et son souffle lourd dans notre nuque. Il nous sembla que son sol collant avait du mal à nous lâcher : pendant un bon moment encore, nous eûmes sous nos pieds ces broussailles cinglantes, et enfin, elle resta définitivement en arrière.

— Elle ne nous a pas bouffés ! Elle ne nous a pas bouffés ! avions-nous envie de crier en la menaçant du poing.

Entre-temps, une nuit noire était tombée, et la distance qui nous séparait de la maison la plus proche nous parut particulièrement difficile à parcourir : nous faillîmes nous casser les jambes dans des trous où il aurait été moins dangereux d'aller à quatre pattes.

Ensuite, c'est un clébard qui se mit à aboyer d'une façon tellement hargneuse, que c'est tout juste si on n'avait pas envie de retourner dans la forêt.

— Putain ! jura mon frère. Dans la forêt, on ne nous a pas bouffés, et ici on va nous déchirer à coups de dents.

Au début, je tenais mon bâton bien serré dans ma main, mais je finis par me dire qu'aucun bâton ne vous aidait à vous débarrasser d'un chien méchant, et je jetai mon arme par terre.

— Hé ! hurla mon frère, ce qui fit vociférer le chien de plus belle : heureusement qu'il était attaché, parce qu'on entendait sa chaîne grincer horriblement. Hé, bonnes gens ! cria-t-il encore une fois, et nous tressaillîmes lorsqu'une voix de femme, tout près de nous, nous demanda :

— Qui est-ce que vous appelez ?

— Putain ! soupira mon frère.

Nous tournâmes notre regard en direction de la voix et aperçûmes quelqu'un qui se tenait à trois mètres de nous, droit et tranquille.

— Bonsoir ! dis-je, en avançant. Nous nous sommes perdus dans la forêt. Nous avons marché toute la journée.

— Et où est-ce que vous alliez ?

La voix aussi était ferme et tranquille.

Mon frère donna le nom du village où nous avions essayé d'aller et où habitait son copain.

— Il est de l'autre côté, dit la femme, qui ne joignit pas le geste à la parole. Venez. Tais-toi, fit-elle au chien, lorsque nous franchîmes le petit portail de la cour arrière et que nous nous retrouvâmes devant la maison.

Le chien se tut, en grognant doucement et en faisant cliqueter sa chaîne.

Dans la maison, malgré l'heure tardive, il n'y avait personne.

La femme était loin d'être jeune, mais elle avait l'allure d'une femme de quarante ans : un dos droit et un cou long trahissaient un fort caractère.

— Asseyez-vous à table, dit-elle. Je vais faire du thé. Je vais appeler mon mari, c'est lui qui vous indiquera où dormir.

— Et comment s'appelle votre village, demanda mon frère, en regardant l'épaisse toile cirée aux fleurs effacées.

— Nous n'avons pas de nom, personne n'a besoin de nous appeler, répondit la femme en disposant les tasses.

Pour accompagner le thé, il y avait du pain. Et avec le pain, il y avait du beurre bien jaune. Le sucre avait une couleur grise.

Le maître des lieux qui arriva bientôt était un homme âgé, lui aussi de haute taille, aux mains osseuses. Il nous serra la main. Je fus étonné de la force qu'il avait encore et qui me sembla supérieure à la mienne.

— Comment vous avez fait pour vous perdre ? demanda-t-il.

Il se versa aussi du thé et, à ma grande surprise, il le but brûlant, pas du tout à la manière des vieux, et pas non plus comme un homme – il le but en quelques lampées, comme de l'eau.

— On a voulu prendre un raccourci, répondit mon frère. On est partis de la gare à pied, et…

Il écarta les bras, dans un geste qui voulait dire : vous comprenez vous-même, je n'ai pas besoin de vous faire un dessin.

— Eh bien, vous allez passer la nuit chez nous, fit le vieux en hochant la tête. Vous repartirez au matin. Je vous montrerai le chemin pour y arriver.

Nous finîmes notre thé et mangeâmes un sandwich chacun. Je regardais le pain avidement, sans oser me resservir.

— Il est grand, votre village ? reprit mon frère. Parce qu'on ne voit pas bien dans l'obscurité.

— Il y a trente maisons, répondit l'homme.

Il défit le papier d'un bonbon et le mangea avec plaisir.

— Vous avez si peu d'affaires avec vous quand vous faites des marches ? reprit-il en nous examinant. Vous n'avez pas de sac, rien ?

— Non, répondit mon frère qui se mit à regarder attentivement le vieil homme.

— Allons-y, je vais vous installer, fit ce dernier en se levant et en repoussant sa chaise.

Je me levai à mon tour précipitamment en faisant du bruit avec mon tabouret. Mon frère acheva son thé et secoua en plus sa tasse pour bien voir le fond.

On avait prévu pour nous une sorte de grange ou de dépendance – on avait du mal à le définir dans le noir. Les lames du parquet ne grinçaient pas, les couchettes étaient en bois, les oreillers en feutre, et il n'y avait pas de fenêtres. Le vieux nous éclaira avec une lanterne, nous indiqua la place de chacun et sortit en refermant la porte sans bruit.

— P'tit père, il n'y a pas de lumière, ici ? lui demanda mon frère en mettant la tête dehors.

— Pour quoi faire, une lumière ? Ne me dis pas que tu as peur de l'obscurité ! s'éleva au-dehors la voix du vieux, légèrement ironique.

Pendant ce temps je m'étais déjà étendu de tout mon long avec béatitude.

— Couchez-vous et dormez. La lampe a grillé. De toute façon, il va bientôt faire jour.

Mon frère revint, passa ses mains sur le mur, ne trouva rien. Il frotta une allumette, regarda autour de lui : j'aperçus son visage jaune mécontent.

— Qu'est-ce que tu as ? demandai-je. Dépêche-toi de te coucher. C'est tellement génial de ne plus être dans la forêt.

Il s'allongea sans répondre.

Je prêtais l'oreille et son silence, au début, m'empêcha de m'endormir : j'entendais littéralement qu'il ne dormait pas.

Ma conscience finit par s'embrumer… et de nombreuses branches, de tous côtés, brisaient leurs fragiles articulations…

— Ça sent ici la même chose que dans un abattoir, prononça distinctement mon frère qui, ce faisant, me réveilla.

Je ne sais combien de temps je m'étais endormi : une minute, peut-être, ou une heure. J'ouvris les yeux et perçus une obscurité épaisse comme du sable. Il était insupportable pour les yeux de la regarder.

— J'ai travaillé dans un abattoir, je me souviens, dit-il tout bas et il s'assit brusquement sur sa couchette. Lève-toi.

— Je ne comprends pas, fis-je complètement ahuri.

— Lève-toi, on s'en va. Je me suis souvenu. On s'en va immédiatement.

La voix de mon frère résonnait, bien qu'il parlât en chuchotant. Si j'avais été ivre, ce chuchotement m'aurait dégrisé.

Je me levai, en pensant que j'étais en train de faire un cauchemar. Je me touchai le genou. Le genou ne dormait pas.

Mon frère ouvrit la porte, et dans notre chambre entrèrent à torrent, comme des poissons, une multitude d'étoiles. Lorsque je sortis, je fus presque obligé de les enjamber.

— Plus vite ! me dit mon frère, des lèvres seulement, mais je le compris parfaitement.

A l'intérieur de moi, tout s'était inexplicablement mis à trembler, comme si on avait découpé mon cœur dans du veau en gelée.

Le chien fit cliqueter sa chaîne.

Nous traversâmes la rue en courant et nous nous accroupîmes dans les buissons.

— Tu as toute ta tête, frérot ? fis-je avec un faible espoir.

— Ferme-la, répondit-il. On repart.

Nous courûmes quelques mètres sur la route, à côté des maisons noires renfrognées qui avaient un air lugubre. La lune nous aidait, mais derrière les portails de plusieurs maisons voisines, des chiens se mirent, de concert, à aboyer de façon hystérique, et nous nous assîmes dans l'herbe, en attrapant la terre à pleines mains, et en regardant de tous les côtés.

— Où est-ce qu'on court comme ça ? demandai-je à nouveau.

— Le vieux avait une barque, à côté de la grange. Il doit y avoir une rivière dans les parages. C'est là qu'on va. Tu voulais te vautrer dans le sable. Tu vas pouvoir le faire.

Je n'eus pas le temps de répondre quoi que ce fût : je l'aperçus furtivement dans l'obscurité et… il disparut. Je n'entendis plus que le bruit de ses pas.

J'eus l'impression que, pas très loin, on détachait un chien. Il y eut un bruit de chaîne et des aboiements aigus. Je repris ma course.

Mon frère s'était arrêté devant la rivière et m'attendait ; il me fit un signe de la main pour que je plonge sans hésiter. Après avoir regardé autour de moi, et n'avoir trouvé aucune autre solution, je fis comme lui.

L'eau était tiède et dense.

Nager tout habillé me parut angoissant, effrayant, mais au bout de deux minutes nous étions déjà arrivés de l'autre côté.

— On continue, on n'a aucune raison de s'attarder ! déclara mon frère, et nous entrâmes à nouveau dans la forêt – les deux fous que nous étions – tout trempés, et la respiration sifflante.

Trébuchant et nous égratignant sans cesse, nous marchions dans une obscurité épaisse, lorsque nous entendîmes aboyer un chien sur l'autre rive. Il courait manifestement le long de la berge d'où nous parvenaient le bruit rauque de ses aboiements ainsi que celui de l'eau quand il plongeait dans la rivière ou qu'il en ressortait.

Une heure plus tard, il commença à faire jour. Nous nous arrêtâmes enfin et prêtâmes longuement l'oreille aux divers bruits. Les oiseaux gazouillaient à plusieurs voix, et ce fut pour moi le signe que la vie continuait et que l'accès de folie de la nuit passée ne devait pas durer.

— Dis-moi, frérot, pourquoi tu nous as amenés ici ?

Nous essorions nos vêtements et courions à travers la forêt, à moitié nus, en écartant les branches de nos bras blancs à la peau hérissée de froid.

— Excuse-moi, dit mon frère qui, pour la première fois de sa vie, s'excusait devant moi. J'ai de mauvais pressentiments… J'ai l'impression que ce sont des meurtriers qui vivent là-bas, ajouta-t-il un instant plus tard en caressant ses joues.

— Où ça ? fis-je sans comprendre.

— Partout.

J'eus envie de hausser les épaules, mais elles n'arrêtaient pas de trembler.

Mon frère remit sa chemise, se retourna et partit en direction de la rivière, mais beaucoup plus bas que le village dont nous nous étions enfuis.

— Tu ne les as jamais vus ces meurtriers ? dis-je, peinant à le suivre et très fatigué. C'est bien ton copain qui était en prison pour meurtre. Celui qui t'a invité. Hein ? De qui tu as eu peur ?

— Non, ceux-là, je ne les ai pas vus, dit-il. Mais mon copain les a vus, lui, et il m'en a parlé. Je me suis souvenu cette nuit… Il écarta les buissons, regarda la rivière : Je me suis souvenu de ce que… – ajouta-t-il en sortant sur la berge où il termina enfin sa phrase – … de ce que mon copain m'avait raconté un jour. On va longer la rivière, fit-il, abandonnant le sujet. Le village de mon copain est aussi au bord d'une rivière. Pourvu que ce soit la même. Et là, ce sera gagné.

Vers midi, le temps s'était réchauffé, et nous nous sentîmes plus joyeux, au point de nous baigner.

Nous avions le visage, les jambes, le dos, littéralement couverts de rayures, comme si nous étions tout décousus ; et ces profondes égratignures nous démangeaient délicieusement sous le soleil chaud.

Nous fîmes un petit somme sur la berge et, une fois réveillés, nous continuâmes notre chemin le long de la rivière, et quelquefois dans la rivière parce que nous n'avions pas envie de nous perdre dans les broussailles.

Aux questions insistantes que je lui posais, mon frère opposait silence ou dénégations, et je voyais à son visage qu'il ne dirait rien tout de suite. J'attendis une heure, je le pressai à nouveau de questions, mais en vain. Je finis moi-même par me lasser.

Nous arrivâmes vers le soir. Nous avions maigri pendant ces deux jours, mais notre visage couvert d'égratignures s'enflamma de joie dès que nous aperçûmes des habitations humaines.

— Ne me dis surtout pas qu'il y a des maniaques dans ce village, dis-je préventivement à mon frère, je n'irai plus dans la forêt.

— C'est dans ce village qu'habite mon pote. Voilà sa maison, me répondit-il tranquillement.

Le pote accueillit mon frère silencieusement, l'embrassa, nous conduisit dans sa maison.

— Pourquoi vous êtes mouillés comme ça ? nous demanda-t-il, étonné.

— On s'est baignés.

— Et pourquoi vous avez des gueules pareilles ? Vous êtes tous les deux tombés d'un arbre ? Vous vouliez cueillir des pommes de pin ?

— On peut dire ça comme ça, répondit mon frère avant de me présenter.

Je lui tendis la main, il la serra chaleureusement.

Après avoir reçu des chemises et des pantalons amples, rapiécés, mais secs, nous nous changeâmes et, avec une excitation joyeuse, nous nous mîmes à table. Il y avait déjà des pommes de terre, du lard et des cornichons grossièrement coupés. Le copain sortit de sous la table une bouteille qui nous regarda d'un air coupable, et dont le liquide dansa en signe de bienvenue.

— Alors Valiok, comment vas-tu ? demanda le maître de maison.

— Ecoute, j'ai d'abord une question à te poser, répondit mon frère. Tu... à cette époque, tu me parlais bien d'un village qui était à un jour de marche de chez vous, en amont de la rivière ? Ce n'est pas une histoire que tu as inventée ?

Le copain se tut, et nous regarda avec un nouvel intérêt.

— Oh, les cons… fit-il à voix basse. Vous êtes allés là-bas ?

Vingt ans auparavant, le copain de mon frère qui était alors tout jeune – il mesurait un mètre cinquante – et un de ses amis de village, à l'affût de bêtises propres à cet âge-là, montèrent, pour s'amuser, dans une petite barque pourrie et allèrent très, très loin : ils ne se souvenaient pas eux-mêmes comment ils avaient pu ramer jusqu'au village voisin, pourtant éloigné. Ils avaient croqué depuis longtemps les pommes qu'ils avaient emportées, ils avaient pêché un poisson, avaient fait un petit feu, l'avaient grillé et mangé tel quel en guise de déjeuner. Ils aperçurent des habitations et ressentirent une joie forte de gamins.

Ils décidèrent d'aller demander un peu de lait, mais changèrent bientôt d'avis.

Le copain avait déjà à ce moment-là des penchants évidents : prendre ce qui ne lui appartenait pas, dès que c'était possible, et l'utiliser pour son propre plaisir. Dans son village, on l'avait surpris plus d'une fois et puni sans pitié : c'est son père qui était le plus acharné, et il usait les fouets les uns après les autres.

Mais là, ils étaient en terrain étranger, et le gamin proposa de cacher la barque, puis d'aller à la recherche de quelque chose d'intéressant.

Ils décidèrent de cueillir dans les potagers de quoi manger, d'arracher des pommes de terre en passant, et puis, si la chance leur souriait, de prendre quelque chose de plus important sans en demander la permission.

Ils rampèrent jusqu'à la maison la plus éloignée, mais elle leur parut pauvre et hostile. Dans la suivante, un chien s'étranglait à force d'aboyer on ne sait contre qui. La troisième leur plut, et ils choisirent la construction la plus proche : elle était solide mais visiblement pas destinée à l'habitation.

Ils cassèrent une planche de la palissade et, comme ils avaient un torse étroit, ils se glissèrent dans cette fente. La porte du bâtiment n'était pas fermée, c'est donc là qu'ils entrèrent.

Une poussière lourde dansait dans un rayon de soleil. Il y avait une odeur forte qui prenait à la gorge. Des faux pendaient au plafond. Des fourches hérissaient leurs dents contre un mur. Il y avait une vieille barque retournée. Des cannes à pêche aux fils entremêlés, en tas, par terre. Des cuvettes partout, un poêle avec un tuyau tordu et, à l'autre bout, un vieux filet de pêche troué dont on n'avait pas dû se servir depuis longtemps.

— Qu'est-ce que c'est que ce truc-là, fit le copain de mon frère en donnant un coup de pied dans une sorte de sac, recouvert d'une natte en tille : on avait du mal dans la pénombre à bien distinguer l'objet.

Il s'accroupit, souleva la natte et vit un homme mort, la gorge tranchée. Les yeux étaient grands ouverts, la bouche aussi, le gosier de même : on aurait pu y mettre la main.

Son ami s'approcha aussi pour regarder et en tomba sur les fesses, prêt à hurler, mais il reçut dans les côtes plusieurs coups de poing bien sentis qui le ramenèrent un peu à la raison.

Juste à ce moment-là il y eut du bruit dans la cour, les gamins se ruèrent vers les fentes du hangar pour voir qui c'était, et ils virent celle qui devait être la maîtresse des lieux. Elle passa tranquillement devant eux. Elle alla chercher dans une petite grange une assiette pleine de graines qu'elle jeta aux poules, ce qui les fit immédiatement accourir.

Son mari apparut à son tour et dit quelque chose à sa femme ; elle hocha la tête et retourna dans la grange. La porte claqua derrière elle, tandis que son mari disparaissait de la cour – il était impossible de voir par la fente où il avait bien pu aller.

Les gamins sortirent alors immédiatement, effrayant les poules, inquiétant le coq. Ils s'écorchèrent méchamment en repassant dans la fente de la palissade. Au début, ils voulurent ramper, mais ils n'y tinrent plus et se mirent à courir à toutes jambes jusqu'à la rivière. Ils remontèrent précipitamment dans la barque et ramèrent comme des possédés jusque chez eux.

— C'est tout juste si on ne hurlait pas de terreur, nous dit le copain en riant et en piquant avec sa fourchette la dernière pomme de terre. Je n'ai rien dit pendant une semaine, ajouta-t-il. Et puis ça a été plus fort que moi, j'ai raconté à mon père ce que j'avais vu. Mon père me battait souvent, mais cette fois-là, j'ai cru que je n'en sortirais pas vivant. Je suis tombé dans les pommes. Quand je suis revenu à moi, ma mère était debout à côté, très calme. On m'arrosa d'eau, on me releva, et mon grand-père prit le relais. Il me frappa carrément sur le dos à coups de bûche.

Bref, un peu plus tard, on me dit qu'il valait mieux que j'oublie ce village. En deux mots on m'expliqua le pourquoi du comment. Je devinai le reste moi-même, un peu plus tard.

Mon frère et moi restions silencieux, attendant la suite : moi, avec un agacement que je ne m'expliquais pas encore très bien ; lui, avec une curiosité intense.

— Ce village, dans la région, s'appelle "Les Voleurs", poursuivit notre copain. Mais sur la carte, son nom est "Le Paisible". Il n'est pas sur toutes les cartes, c'est vrai. Personne n'y va jamais, et il n'y a même pas de route convenable qui mène aux Voleurs. Sous les Soviets, on n'en a pas construit, et aujourd'hui, personne n'en a besoin. Si celle qui mène à notre village est envahie par les herbes, qu'est-ce que ça doit être pour eux. Les gens d'ici vont à leur boulot en tracteur. Ceux des Voleurs se déplacent sur leurs sentiers à cheval. On les rencontre quelquefois au magasin près de la gare : l'un ou l'autre vient faire ses courses, prend ce qu'il lui faut sans faire la queue, personne ne moufte… Pour les pensions de retraite, ils ont une procuration pour les prendre toutes en même temps au centre de la région.

C'est notre village qui est le plus proche du leur. Les autres sont plus éloignés. Tout le monde, chez nous, est au courant, mais personne n'en parle à voix haute, c'est comme ça. C'est comme si c'était un mauvais présage. Et qu'en parler, c'était la mort.

J'ai entendu, un jour, qu'ils vivent là-bas depuis… je ne sais pas au juste, cent… ou deux cents ans. C'est un village de bagnards, d'anciens bagnards. Ils sont arrivés là à l'époque, et s'y sont installés. Et ils ne vivaient que de coups fourrés. Aujourd'hui, ils doivent tous être apparentés : ils n'ont jamais accueilli de gens d'ailleurs. Combien ils peuvent être, maintenant ? Trente familles ? Avant, d'après ce que m'avait raconté tout bas mon grand-père, ils étaient un peu plus nombreux. Ils n'ont jamais construit d'église ; je ne sais pas quel dieu ils priaient, ni lequel ils prient maintenant… Mais tu sais bien, Valiok, le crime soude plus que la religion…

Mon frère hocha lentement la tête plusieurs fois ; il était pensif et calme.

— A une certaine époque, continua le copain, il était fréquent que des personnes disparaissent. Pendant la guerre, on a trouvé des femmes égorgées dans des maisons pillées : tous désignaient Les Voleurs quand ils parlaient entre eux ; mais si des policiers apparaissaient, ils se taisaient instantanément. Les autorités avaient entendu parler de certaines choses, et elles envoyèrent une seule et unique fois dans le village un détachement de soldats. Quelques paysans furent envoyés au front, mais beaucoup, à ce qu'on raconte, se cachèrent dans la forêt comme des loups. Il n'était pratiquement resté que des femmes. On ne leur a pas mis le feu à cette époque-là, mais on aurait dû… et ils sont encore là.

On en a peu parlé ces dernières années… Il y a sept ans à peu près, toute une famille a traversé la rivière à la nage – trois personnes ont alors disparu, qu'on n'a jamais retrouvées. Et il y a trois ans de ça, ce sont des cueilleurs de champignons qui se sont volatilisés, ils étaient trois aussi. Les gens d'ici sont persuadés que ce sont Les Voleurs qui sont la cause de tout. Ils en sont persuadés, mais ils se taisent. Le commissaire de police du coin – celui qui m'a arrêté – n'y a jamais mis les pieds… Mais peut-être qu'il y est allé, après tout, va savoir…

— Et peut-être que tout ça, ce sont des conneries, dis-je sur le même ton que le copain, abasourdi par toute cette histoire à dormir debout.

— Peut-être bien ! fit-il, m'apportant un soutien inattendu, et dans un geste très amical, il me donna même une tape sur l'épaule. Moi aussi, ajouta-t-il, ça fait longtemps que je n'y suis pas allé, et il éclata de rire.

Nous sortîmes fumer. La nuit était douce, il y avait peu de moustiques – en août, il y en a toujours moins, sinon ils nous auraient vidés de notre sang, dans la forêt.

Le lendemain nous partîmes avec un filet ; mon frère et son copain purent lancer leurs cannes à pêche, moi je me vautrai dans le sable : il était, comme on me l'avait annoncé, brûlant, blanc et fin.

Le soir venu, après avoir grillé le poisson frais pêché, nous bûmes et parlâmes beaucoup, de la prison, bien sûr, comme je l'avais prévu. Plus exactement, ce sont eux qui parlaient et moi j'écoutais, mais leurs récits étaient tellement drôles que nous étions tous tordus de rire, moi surtout. Nous avions complètement oublié Les Voleurs, en tout cas, nous n'en parlions plus.

Le lendemain matin de bonne heure – l'air était humide et le soleil pas tout à fait levé – notre ami se mit d'accord avec un voisin qui nous conduisit pour quelques billets à la gare, en mettant à mal nos entrailles. Nous embrassâmes notre ami, et nous nous séparâmes avec affection – une affection de mecs – avant l'arrivée du train. Le tractoriste devait aller à son travail, et il n'y serait pas avant midi.

La gare était étonnamment pleine de monde. Nous nous rappelâmes, mon frère et moi, qu'on était lundi : les gens des villages alentour venaient à la ville pour se faire, chacun comme il pouvait, un peu d'argent.

Quelques personnes, sur le quai, vendaient du lait, des baies, des champignons, des pommes, du poisson frais. Tout cela, bien sûr, était proposé aux voyageurs qui allaient d'une ville à l'autre. Les gens du coin ne se laissaient pas étonner par ce genre de produits.

— Si on achetait des baies à maman ? proposa mon frère. Tout est certainement bon marché ici.

Nous nous dirigeâmes vers l'odeur puissante de ces fruits de la forêt et, tout joyeux de tomber dessus, nous cherchâmes le vendeur des yeux. Il était debout, pas très loin : c'était ce même grand-père chez qui nous devions passer la nuit.

Je le reconnus à ses mains osseuses, et mon frère, à des signes qui lui étaient particuliers, peut-être à son odeur, qui sait ?

— Ah, vous êtes ici, mes petits ? se réjouit le vieil homme. Je me demandais où vous étiez passés. Vous êtes partis alors qu'il faisait encore nuit. Vous avez eu peur de nous réveiller ou quoi ? Ma femme s'est levée, elle vous a préparé une soupe aux choux, et elle a vu que la grange était vide.

Nous le dévisagions en silence. Je sentis mes paumes devenir toutes moites.

— Vous voulez des baies, c'est ça ? fit-il avec un sourire qui découvrit de belles dents. Je peux même vous les offrir. Voilà, prenez.

Et il nous donna un sac en papier que les fruits imbibaient de jus rouge.

Je faillis reculer, mais d'un doigt osseux, comme si c'était un crochet, il m'attrapa avec dextérité par la manche, m'attira vers lui, et me mit le sac dans les mains.

Et d'un autre panier, il prit trois pommes d'un coup et les donna à mon frère.

— Merci ! dis-je.

— Que Dieu vous garde, que Dieu vous garde, répondit-il.

Ses yeux étaient bons et lumineux. Dans l'un des deux, il y avait une larme trouble qui ne tombait jamais, comme si le vieil homme avait mortellement pitié de quelque chose.

Nous étions dans le train, avec nos fruits dans les mains, sans nous résoudre à les goûter.

La gare s'écarta et s'éloigna.

— Eh bien, on va se manger une pomme, se décida enfin mon frère.

Il en frotta une contre sa manche et me la donna. Il en frotta une deuxième et mordit dedans. De ses dents gicla quelque chose de vivant.

LA GRAND-MÈRE, LES GUÊPES ET LA PASTÈQUE

Grand-mère mangeait de la pastèque.

C'était la merveilleuse gourmandise du mois d'août.

Nous – c'est-à-dire ma grande et tendre famille – nous arrachions les pommes de terre. Je me souviens jusqu'à présent de ce bruit joyeux qu'elles faisaient quand elles tombaient dans le fond du seau. Les seaux étaient troués : inutilisables pour aller chercher de l'eau au puits, il leur restait à exécuter leur dernière mission importante – transporter les patates jusqu'aux sacs ventrus posés en bordure du potager.

Les pommes de terre s'éparpillaient dans les sacs, avec, cette fois, un bruit sec, doux, presque un roucoulement. Ces sacs dégageaient une odeur de poussière et d'humidité. Ils avaient passé, en tas, tout l'hiver dans la grange.

Ils étaient aussi déchirés, mais pas beaucoup ; quelquefois, d'un trou sur le côté s'échappait une petite pomme de terre écervelée. Quand on soulevait le sac, elle sautait et se retrouvait immédiatement enterrée dans la terre noire et molle, et c'était comme si elle n'avait jamais existé.

Le temps était ensoleillé, mais cette lumière était déjà celle du mois d'août, celle du déclin lent et doré comme le miel.

Je me surprenais toujours à penser que ce dont j'avais envie, c'était de me lever et de regarder longtemps le disque du soleil, comme si j'allais me séparer de lui pour un long et joyeux voyage. Je devais tout simplement ne pas avoir envie de travailler.

Après avoir réfléchi, je déclarai que je n'étais pas sûr que l'arrachage des pommes de terre fût un travail d'homme, mais personne ne me soutint. J'avais contre moi ma mère, ma tante, mes sœurs et même la voisine qui était passée nous aider.

Seule grand-mère avait intercédé en ma faveur.

— Bien sûr que non, ce n'est pas une affaire d'hommes ! dit-elle. Quand a-t-on vu des hommes gratouiller la terre ? C'est un travail de femmes. Allez, va t'allonger sur l'herbe, pendant qu'on fait ça. A trimballer des sacs pareils, tu vas te briser les reins.

Grand-mère disait tout cela avec son immuable et charmante ironie, ce qui n'empêcha pas toutes les femmes de lui tomber dessus, en disant avec force gesticulations et en s'interrompant les unes les autres, que c'était bien aux hommes de gratter la terre, qu'ils n'étaient bons à rien d'autre.

Les hommes de la maison, soit dit en passant, ne travaillaient pas des masses. Mon grand-père s'affairait dans la cour avec ses faux, qu'il aiguisait et renforçait. Mon père était parti au marché et n'était apparemment pas pressé de revenir. Mon parrain, le frère de mon père, était allongé près de son tracteur.

Le matin même, il avait essayé de faire démarrer son moteur, mais il avait fait quelque chose qu'il n'aurait pas dû, et l'engin s'était définitivement immobilisé.

Le voisin, Orkhan, un réfugié d'Asie centrale qui était tractoriste, passa une heure plus tard.

C'était un brave homme, mais qui ne comprenait absolument pas la plaisanterie.

Mon parrain avait d'excellentes relations avec lui et, toutes les fois qu'il le pouvait, il lui venait en aide dans les situations difficiles. Sauf qu'il essayait toujours, quand l'occasion s'en présentait, de lui jouer des tours.

— Orkhan, salut ! l'accueillit mon parrain.

— Bonjour ! lui répondit sèchement le voisin qui s'attendait toujours à une blague de sa part.

Mon parrain fit celui qui était extraordinairement occupé, avec un visage grave et soucieux :

— Ecoute, dit-il rapidement, les femmes n'arrêtent pas de me harceler et je dois encore aller nourrir les cochons. Tu veux bien mettre le tracteur en marche, Orkhan ? Vas-y, fais-le, et je te rejoins tout de suite.

Orkhan n'avait pas encore eu le temps de répondre que mon parrain, avec de jolies savates aux pieds, s'en alla. Tous, sauf l'intéressé, remarquèrent qu'après avoir fait un tour dans la cour, il s'était adossé à la fenêtre de la grange où on mettait le fumier.

Après avoir piétiné sur place un moment, et malgré l'absurdité de la situation – pourquoi, après tout, son joyeux voisin ne faisait-il pas démarrer lui-même sa machine –, Orkhan grimpa sur le tracteur. Une minute plus tard, le moteur gronda, éternua et se tut à nouveau.

Mon parrain était déjà revenu au potager en courant, les yeux écarquillés :

— Qu'est-ce que tu as fabriqué, Orkhan ? Hein ? Tu es tractoriste ou non ?

Orkhan fit une autre tentative, mais cette fois le moteur resta muet.

Effrayé, il sauta de l'engin et se mit à en faire plusieurs fois le tour. Mon parrain ne lui laissait pas de répit, n'arrêtait pas de lui faire honte et d'exiger qu'il répare ce qu'il avait abîmé.

— Je m'en suis servi hier encore, le houspillait-il. Tu m'as bien vu ! Qu'est-ce que tu as fait pour qu'il ait lâché comme ça ? A toi de le réparer maintenant !

— J'ai le déjeuner, et après, c'est encore le travail ! fit Orkhan qui avait de la peine à trouver ses mots en russe et faisait tout pour se défiler, mais il n'était plus possible de se débarrasser de mon parrain.

— Quel travail ? Et moi, qu'est-ce que je vais faire ? Tu l'as cassé, répare-le. Ça ne se fait pas entre voisins, Orkhan. Chez vous, dans le Caucase, je suis sûr que vous n'agissez pas comme ça avec vos voisins.

Dix minutes plus tard, Orkhan était couché sous le tracteur, et agitait de temps à autre ses jambes poilues pour chasser les mouches qui s'y étaient posées. Mon parrain s'était installé à proximité, et fumait, une main derrière la tête.

— Tu fais un sacré tractoriste, Orkhan, disait-il à voix basse. Tu ne sais rien faire. Dès que tu as mis le moteur en marche, il est tombé en panne.

— Quoi ? demandait l'autre sous son tracteur.

Les femmes riaient. Seule ma grand-mère faisait semblant de ne pas comprendre.

O, ce craquement de la pastèque, sa chair rouge givrée, ses graines noires. Tout le monde salivait pendant que mon père coupait le fruit somptueux, dans lequel, sous le couteau, perlaient des larmes.

Ayant terminé à la hâte leurs plates-bandes, les femmes se rassemblèrent autour de la pastèque, dans une attente fébrile.

Seule ma grand-mère continuait à ramasser ses pommes de terre en fouillant la terre de ses mains fortes.

Ma mère alla chercher du pain blanc – c'est agréable de manger de la pastèque avec de la mie odorante.

Mes sœurs appelèrent grand-mère :

— Hé ! Viens, à la fin !

— J'arrive, j'arrive ! répondit-elle.

Mais elle termina d'abord sa rangée, alla avec son seau jusqu'à un sac qui n'était pas encore plein et, attrapant habilement ses bords, y versa les pommes de terre. Tous les autres avaient besoin d'aide pour cette besogne pas très compliquée : pendant que l'un tenait le sac, un deuxième déversait les patates, sinon il arrivait qu'elles tombent à côté. Mais avec grand-mère, tout se passait bien ; en toute chose, elle était habituée à se débrouiller seule.

On appela aussi Orkhan à venir manger de la pastèque, mais après avoir finalement remis le moteur en marche, il partit immédiatement à son travail sans repasser chez lui. Ma mère le rattrapa de justesse : elle avait mis dans un paquet des œufs, un bon morceau de saucisson avec du pain, une bouteille de lait, et le lui donna. Je n'avais même pas remarqué qu'elle avait apporté tout cela dans le potager et l'avait mis à l'ombre sous un buisson.

Nous mangeâmes la pastèque en nous regardant avec des yeux heureux : comment peut-on manger autrement une pastèque ?

Ma mère avait mis une jolie toile cirée à fleurs rouges et noires, grand-mère était assise à côté sur un tabouret, mon père était debout.

Attirées par l'odeur fraîche du fruit, les guêpes arrivaient l'une après l'autre et tournaient autour de nous, obstinées et dangereuses.

Le premier à capituler fut mon père. Les guêpes étaient certainement l'unique chose, dans sa vie, dont il avait peur. Un jour, alors qu'il était soûl, il avait été piqué, et cet homme en bonne santé, qui faisait près de deux mètres, avait perdu connaissance. Le soir, sa tête était devenue énorme et rose, ses yeux gonflés avaient disparu sous des sourcils démesurés. Il avait failli mourir.

— Je ferais mieux d'aller fumer, dit-il, en partant se cacher derrière le tracteur.

Les guêpes le suivirent, mais elles revinrent, dérangées par le fer et la fumée.

— Il faut que tu fumes tout de suite, dépêche-toi, lui dit ma mère.

Ecartant joyeusement les guêpes de la main, mon parrain suivit son frère. Je devinai à son visage que les hommes s'apprêtaient à retrouver leur réserve, cachée sans doute dans un des recoins du tracteur.

La femme de mon parrain suivit son mari des yeux, se doutant de quelque chose. Mais au même instant, elle se retrouva avec une guêpe sur le visage, son attention fut détournée, elle gesticula, agita son fichu.

Furieuses contre les guêpes, mes sœurs rouspétaient, changeaient constamment de place ; quant à ma mère, elle n'était pas en reste, elle aussi avait peur de ces insectes entêtés.

Je m'efforçais de garder ma dignité, mais je n'étais pas non plus en bonne posture. Je soufflais sur les guêpes qui s'étaient posées sur la pastèque : elles s'éloignaient un court moment, s'en allaient toutes énervées faire un tour et me tombaient presque sur la tête.

Seule grand-mère restait assise sans bouger, soulevait lentement la tranche rouge qu'on lui avait servie et, en souriant, mordait dans la chair juteuse et fragile du fruit. Les guêpes trottaient sur ses mains, passaient sur son visage, mais elle ne les remarquait pas. Elles se posaient sur sa pastèque, mais quand grand-mère mordait à nouveau dans le fruit, elles s'en allaient plus loin, au tout dernier moment cependant, juste avant d'être touchées par ses lèvres et ses dents.

— Grand-mère, attention aux guêpes ! lui disais-je en la regardant, fasciné.

— Hein ?

— Tu as des guêpes sur toi !

— Et alors, elles sont bien ! et elle riait, et c'était vrai qu'elle venait à peine de les remarquer.

— Comment ça se fait que tu n'aies pas peur, elles peuvent te piquer !

— Pourquoi veux-tu qu'elles me piquent ?

Elle levait sa jolie main avec le bout de pastèque, il y avait dessus deux ou trois guêpes, et deux autres encore sur l'écorce, qui se nourrissaient du jus sucré qui coulait.

Elle continua à manger, et une autre guêpe, qui s'était posée sur sa joue, s'envola, légère et nullement vexée, tournoya, pour atterrir quelque part dans l'herbe, à côté des écorces.

On était tous très énervés et on se sépara rapidement. Grand-mère resta seule, tranquillement assise.

Le lendemain matin, les écorces de pastèque ne sont plus que des ordures, la chair blanche de la surface interne est devenue grise et ce sont les mouches qui ont remplacé les guêpes.

C'est ainsi qu'était mon village hier : on aurait dit que quelqu'un l'avait vidé de cette substance dorée que lui donnait le mois d'août, et qu'il ne restait plus que la grisaille et les mouches.

Tous étaient morts. Ceux qui n'étaient pas morts de mort naturelle avaient été tués. Ceux qui n'avaient pas été tués l'avaient fait eux-mêmes.

Mes sœurs, plusieurs fois malmenées par le sort, se dispersèrent aux quatre vents.

Il ne resta que ma grand-mère, et Orkhan avec sa femme qui buvait ; à cause de cela, Orkhan la battait tous les jours.

Les potagers qui semblaient, jusqu'il y a peu de temps encore, bouillonner sous terre d'une sève pleine de vie, étaient à présent inertes et envahis de toutes sortes de mauvaises herbes. Les belles pommes de terre n'allaient plus rouler au fond du seau.

Nous allâmes au village avec ma Volga blanche, nous roulions dans la poussière que nous soulevions, aussi étrangers et insolites que si nous étions sur la lune.

Grand-mère ne leva même pas les bras au ciel, ses mains fatiguées tremblèrent. Elle se leva pour nous accueillir, laissa échapper une larme, sourit.

C'était la première fois qu'elle voyait ma femme. Elles se mirent immédiatement à parler entre elles, tandis que je me taisais et touchais les murs.

— Le travail des femmes ne se remarque pas, dit grand-mère à ma femme.

"Le travail des femmes ne se remarque pas", répétai-je pour moi-même, et je sortis fumer une cigarette.

Tout cela, c'est grand-père qui l'avait construit : la palissade, la grange, le perron, la maison.

Les tableaux, dans la maison, c'est mon père qui les avait peints : ils représentaient le grand-père, la maison, le pré, le jardin.

Le cœur de grand-mère brisé en morceaux, mais encore vivant – voilà le travail masculin de longue haleine.

Ne s'arrêtant de bouger et de s'affairer qu'à de rares moments, quand il lui était possible de ne pas bouger et de ne pas s'affairer, goûtant cela comme un bonheur, elle avait vécu une très longue vie, et quand elle se retournait sur son passé, il lui était difficile de se souvenir réellement des premières difficultés qui avaient été suivies de milliers d'autres.

Nous étions incapables de vivre ainsi.

J'entendais, derrière la porte entrouverte, la voix douce de grand-mère :

— La femme travaille, tandis que l'homme vit dans l'angoisse. La vie de la femme, l'homme ne peut pas la comprendre, personne n'a pitié de nous. Et nous, on ne se rend pas compte de l'angoisse des hommes.

— L'angoisse ? demanda ma femme.

— Oui, l'angoisse, les tourments, les tracas, expliqua grand-mère. La femme vit dans le travail, l'homme dans le tourment... Ou alors, c'étaient les miens qui étaient comme ça, je ne sais pas, soupira-t-elle, et elle se tut.

Nous sortîmes de la maison, ma femme et moi, et descendîmes vers la rivière. Nous traversâmes un petit pont tout branlant et grimpâmes sur une colline. De là, on voyait un vide immense.

"... Et le soleil a mal et se tient de travers, comme une épaule démise..."

J'avais prononcé ces paroles à voix haute.

— Qu'est-ce que tu as dit ? me demanda ma femme.

Je ne répondis rien. Elle me le demanda encore. Je me taisais toujours. Je n'allais tout de même pas répéter toutes les bêtises que je me disais à moi-même.

Ma femme était assise, immobile, envoûtée, et adorée par moi à la folie.

Attends, je briserai aussi ton cœur.

Lorsque nous revînmes, le soir commençait à tomber ; je marchais devant, et elle pressait le pas derrière moi. Je savais qu'elle avait du mal à marcher vite, mais je ne m'arrêtais pas.

Au bord de la rivière, je m'assis sur l'herbe. Pas très loin, il y avait une barque, vieille, crevassée, morte. Elle tapait contre le pont, se balançant à peine, attachée à une corde pourrie.

Je mis ma main dans l'eau, la fis couler entre mes doigts. De l'autre main, je pressais l'herbe et la terre, dans laquelle reposaient mes proches si joyeux, si tendres, si heureux de vivre il y a peu de temps encore ; et soudain, je ressentis sur ma paume une piqûre et une brûlure. Je jurai vigoureusement, portai à mon visage ma main affolée, sans rien comprendre. Je me retournai et regardai l'endroit où s'était appuyée ma main : dans l'herbe, il y avait une guêpe que j'avais écrasée.

Ma main commença à enfler et à me cuire. Ma paume était gagnée par une douleur insupportable, comme si la guêpe s'était logée sous la peau et voulait sortir de là, toute gonflée et perdant à l'intérieur son sang de guêpe brûlant, cuisant.

De retour dans la maison paternelle, je décidai de ne pas rester un instant de plus et, sans finir mon thé, je sortis presque en courant, mis le moteur en marche, alors que grand-mère était encore en train de parler avec ma femme.

Je roulais, tenant rageusement le volant de ma main douloureuse, appuyant sans pitié sur l'accélérateur, avalant la route noire.

Nous arrivâmes la nuit, et je m'écroulai immédiatement dans mon lit. Les mains sur la tête, je sombrai très vite dans le sommeil, lorsque, soudain, j'entendis le bruit de mon cœur, rapide et têtu. Je rêvai d'une barque attachée qui battait contre un petit pont. Touc-touc. Toc-toc.

Attends, nous allons bientôt quitter nos amarres. Et voguer.

MA FILLE

Comment vont tes petits doigts.

Comment vont tes petits doigts, ma chérie.

Nous avons vécu ensemble plusieurs centaines d'années, et je n'ai toujours pas appris à dormir à côté de toi. Comment pourrais-je dormir.

En revanche, j'ai trouvé plusieurs vérités toutes bêtes.

Tout d'abord, les jours difficiles, j'ai proposé à ma bien-aimée de partager chaque faute. Elle a haussé les épaules, a continué à faire comme si de rien n'était.

Ensuite, j'ai inventé autre chose.

Laissez-moi reprendre ma respiration, et je vous dirai quoi.

Pour qu'un homme reste un homme et ne se transforme pas en ignoble individu, il doit tout pardonner à la femme.

Pour qu'une femme reste une femme et ne se transforme pas en horrible bonne femme, elle ne doit strictement rien pardonner, pas la moindre faute.

Voilà, le souffle me manque.

Lui pardonne tout, elle – rien. Comment continuer à vivre, maintenant que j'ai trouvé ça.

Le poisson vit les yeux ouverts, dort les yeux ouverts ; seule la femme ferme les yeux : je le voyais lorsqu'elle avait envie de se refermer sur elle-même et d'écouter. Tu me regardais toujours, même dans les moments où entre nous c'était l'incandescence et l'irréparable, et aussi neuf mois plus tard – lorsque était venu le moment de donner vie à mon cri en toi : tous nos enfants, nous les avons mis au monde ensemble.

En regardant ses yeux fous de peur, j'avais compris que je n'avais pas du tout la force de me comporter envers ma femme comme si elle n'était qu'une femme comme les autres. Et comme il était doux de se comporter envers sa femme, comme si elle était votre propre fille, et de lui dire : "Ma petite fille, ma petite fille chérie."

On a alors, à l'intérieur de soi, une pitié débordante, suffocante.

Tout est alors accueilli et compris avec infiniment plus de facilité.

Je ne nie pas les lois que d'autres ont inventées, mais réfléchissez : comme ce serait simple de pardonner, si c'était votre fille qui était devant vous. Que ne lui pardonnerait-on pas – elle est de votre sang – ce n'est pas comme une épouse !

D'où une autre vérité simpliste.

Si un homme ne veut pas que sa femme se transforme en une bonne femme pitoyable et indigne, il peut l'aimer comme sa fille.

Mais si une femme ne veut pas que son mari se transforme en individu indigne et débauché, elle ne doit en aucun cas se comporter envers lui comme avec un fils.

A une fille, je l'ai déjà dit, on pardonne tout.

Ma fille vient et dit qu'elle est fatiguée, et elle se couche, bercée et chérie dans son sommeil qu'on ne peut se résoudre à interrompre, sauf peut-être par l'admiration : on s'assied au bord du lit parce qu'on ne peut pas se lasser de l'admirer, et elle se réveille parce qu'elle a du mal à supporter ce regard étranger qui lui enflamme les joues et le front.

Ma fille a le droit de ne pas obéir, de ne pas savoir faire, de ne pas répondre, de ne pas vouloir, de changer d'avis, de ne pas rester jusqu'au bout, de ne pas arriver pour le début.

Et il y a encore quarante mille "ne pas". Je froncerai les sourcils, bien sûr, mais en mon for intérieur, j'éprouverai une jubilation si intense que le froncement de mes sourcils glissera brusquement au coin de mes lèvres qui se relèveront de bonheur et de ravissement.

Ils roulaient vers leur village paisible, à peine visible sur les cartes, entre des pins droits comme des mâts de navire, sur une route qui n'en était pas une.

Il passait les vitesses rageusement et il détraqua son embrayage. Les roues firent jaillir le sable, le fond de la voiture heurta bruyamment la route, risquant à chaque instant de s'enliser.

Elle lui faisait sans cesse des reproches, faisait comme s'il n'existait pas – elle en avait d'ailleurs le droit, comme toutes les femmes, et même plus.

— Et arrête de torturer comme ça cette voiture ! dit-elle avec mépris.

Ils furent à cet instant projetés vers le plafond, puis ils retombèrent sur leur siège. La voiture cliqueta, grinça et s'immobilisa.

Ils respirèrent une minute, chacun à sa fenêtre, et se tournèrent enfin l'un vers l'autre, les pommettes crispées.

— Peut-être que tu pourras quand même continuer ? demanda-t-elle ; ses mots étaient directs et froids comme du fil de fer.

Il déclencha l'allumage ; la voiture se remit en marche et, avec un gargouillement indigné, redémarra.

Le village apparut au bout d'une heure ; mais pour la première fois, ses paysages tranquilles n'apaisèrent pas leurs cœurs bouleversés.

C'est tout juste s'ils ne jetèrent pas leurs affaires sur le perron ; ses parents à elle, tout joyeux de les voir, furent abandonnés à leur perplexité, et ils allèrent dans la forêt pour achever leur conversation.

Ils restèrent d'abord dans la voiture, mais le fait d'être assis l'un à côté de l'autre et la nécessité de partager le même espace leur furent insupportables. Ils s'élancèrent dehors, en claquant les portières, et il se mit à fumer rageusement, et elle à poser des questions, sans relâche. Pourquoi était-il comme ça, c'était quoi, la raison, ça le menait à quoi d'être comme ça, comment pouvait-il être comme ça ?

Au moment où ils avaient été secoués et qu'il y avait eu ce choc contre le sable de la route forestière, le bout d'une tige métallique qui se trouvait là vint heurter le réservoir et y fit un trou, de la taille d'un petit doigt d'enfant. L'essence se mit à couler.

Ils se tenaient près de la voiture, piétinant sur place.

Il n'y tint plus, jeta son deuxième mégot et alla dans la forêt, droit devant lui. Elle le rattrapa et le ramena : reviens, reste ici, réponds-moi, réponds-moi à la fin.

— Et arrête de fumer !

Au moins ici, il pouvait ne pas lui obéir et il ne lui obéit pas : faisant claquer son briquet, il alluma une autre cigarette, tira une bouffée. Il fumait, l'air sombre, levait parfois la cigarette devant ses yeux et regardait fixement le tabac rougeoyer.

Elle parlait de l'homme qu'elle aimait avec douleur et effroi.

— … Et puis tu… Tu… Et la voiture sent encore l'essence ! cria-t-elle.

Il jeta un coup d'œil à sa voiture blanche et, s'en étant approché, il donna sans savoir pourquoi une tape sur le coffre, comme sur la croupe d'un animal. Comme il avalait avidement la fumée de sa cigarette, il ne sentit aucune odeur, ni celle de l'essence, ni celle de la forêt, ni celle du tabac.

— Et arrête à la fin de rester… comme un mort ! s'écria-t-elle soudain, et elle se mit à pleurer très fort, comme un enfant, en cachant dans ses mains son petit visage adoré, et ses doigts tremblaient comme après une lessive à la main, dans l'eau froide.

— Ma petite fille. Ma petite fille chérie, se souvint-il enfin.

Il lui tendit la main, mais il était gêné par la cigarette. Alors, baissant le bras, il desserra les doigts, l'index et le majeur entre lesquels il avait l'habitude de tenir sa cigarette, et elle tomba, avec une petite lueur dorée.

En même temps, de sa main gauche, il attirait déjà contre lui cette femme qu'il aimait :

— Ma petite fille, ne pleure pas, jamais.

Le matin, je regarde avec ravissement son cou, ses tempes et je vois aussi ses veines fines, dans le creux blanc de son coude.

Elle respire aussi calmement que lorsque je prie.

Offre-lui l'immortalité, tu entends, toi, parce que tu as pitié, n'est-ce pas ?

… Mais tu la lui as offerte, tu la lui as donnée. Je sais, je sais…

Je me tais, je ne dis plus rien.

TABLE

OUVRAGE RÉALISÉ
PAR L'ATELIER GRAPHIQUE ACTES SUD
ACHEVÉ D'IMPRIMER
SUR ROTO-PAGE
EN SEPTEMBRE 2011
PAR L'IMPRIMERIE FLOCH
À MAYENNE
POUR LE COMPTE DES ÉDITIONS
ACTES SUD
LE MÉJAN
PLACE NINA-BERBEROVA
13200 ARLES

DÉPÔT LÉGAL
1re ÉDITION : OCTOBRE 2011
N° impr. : 80398
(Imprimé en France)